KB262786

검명도살

劒血刀敎

FANTASTIC ORIENTAL HEROES

몽월 新무협 판타지 소설

검명도살 2

몽월 新무협 판타지 소설

초판 1쇄 찍은 날 § 2011년 6월 3일
초판 1쇄 펴낸 날 § 2011년 6월 10일

지은이 § 몽월
펴낸이 § 서경석

총괄팀장 § 유경화
편집책임 § 박우진

펴낸곳 § 도서출판 청어람
등록번호 § 제1081-1-89호
등록일자 § 1999. 5. 31
어람번호 § 제2-2104호

주소 § 경기도 부천시 원미구 심곡2동 163-2 서경B/D 3F (우) 420-822
전화 § 032-656-4452 팩스 § 032-656-4453
http://www.chungeoram.com
E-mail § chungeoram@chungeoram.com

ⓒ 몽월, 2011

ISBN 978-89-251-2536-7 04810
ISBN 978-89-251-2534-3 (세트)

FANTASTIC ORIENTAL HEROES

몽월 新무협 판타지 소설

검명도살

2 혈도(血濤) 속으로

도서출판 청어람

目次

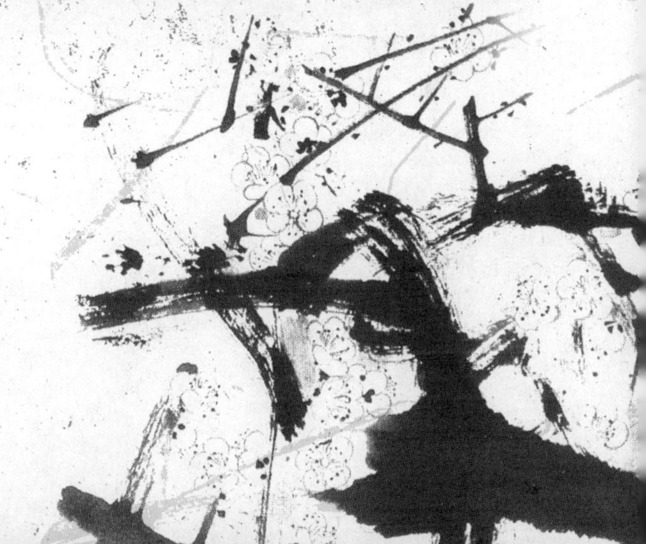

第一章
죽여주십시오

검명도살

전혀 예상 못한 대답이었다.

추산의 말은 계속 이어졌다.

"미, 밑바닥 인생 이제 신물이 납니다. 그렇다고 부모님께서 준 목숨, 내 손으로는 끊을 수 없으니 차라리 잘된 것 같습니다. 다행히 천하에 이름이 유명한 장로님께 맞아 죽으니 그다지 원도 한도 없을 것 같습니다."

추산의 두 눈, 그것은 정말로 죽고 싶은 자의 눈이었다.

제발 죽여달라는 염원으로 가득 차 올라 있었다.

두 사람은 눈싸움을 하듯 서로를 마주 보았다.

돌연 아망개가 큰 소리로 웃었다.

"으하하하! 감히 지금 날 협박하는 것이냐?"

“절대 오해는 하지 마십시오. 정말입니다. 내 본심을 알아 주지 않으니 그 길밖에 없잖… 습니까? 아닌 걸 아니라고 해야 지 거짓말을 둘러댈 수는 없잖습니까?”

아망개의 눈이 매섭게 빛났다.

똑바로 쳐다볼 수 없을 만큼 강렬한 눈빛.

차라리 그건 송곳이라고 해야 했다. 너무도 차갑고 무감정 한 눈빛에 추산은 속으로 신음을 흘렸다.

—소문과는 정반대의 인물이다.

“상대의 눈을 보면 두 가지 사실을 알 수가 있느니라. 무공의 높낮이와 마음이지. 눈을 보면 그 사람이 어느 정도 무공이 높은 지 짐작 가능하고 어떤 마음을 지녔는지 헤아릴 수 있느니라. 사 람을 보면 가장 먼저 눈을 살피거라.”

자신을 바라보는 아망개의 눈은 사납기 그지없었다.

특히 눈 속 깊은 곳에 떠 있는 조그만 삼각 촉 하나.

북리 의원은 그것을 혈시(血矢)라고 말했다.

“혈시를 갖고 있는 자는 잔인하다. 하지만 겉으로는 절대 그 모습이 드러나지 않는다. 전설의 화타는 이를 마안(魔眼)이라 했 고, 불가제일의승으로 불렸던 망공 선승께서는 사혈안(死血眼), 피와 죽음을 부르는 눈이라고 했느니라.”

그건 틀림없는 혈시였다.

금방이라도 눈에서 튀어나와 자신을 찌를 것 같았다.

"죽여달라고?"

아망개는 입가에 미소를 짓더니 추산의 귀를 잡아당겼다.

"정말?"

"예!"

아망개는 한참 귀를 잡아당겼다.

귀가 금방이라도 떨어질 듯 늘어났다.

추산의 얼굴도 우그러졌다.

이리저리 장난하듯 귀를 잡아당기던 아망개가 자리에서 일어났다.

"가거라!"

추산은 놀란 표정을 지었다.

아망개는 웃고 있었다.

"난 너 같은 놈을 좋아한다. 앞으로 자주 만나자꾸나."

추산은 누운 채 아망개를 올려다보았다.

눈앞으로 위풍찬의 죽어가는 모습이 떠올랐다.

―이런 놈을 벗이라고.

추산은 비틀거리며 일어섰다.

"그럼!"

추산은 방을 나갔다.

그러자 구타개가 기다렸다는 듯 들어왔다.

"뭐랍니까? 가짜라고 하지요?"

아망개가 양피지를 보며 말했다.

"추산?"

"예. 보고했다시피 저잣거리에서는 상당한 신망을 얻고 있습니다. 통도 크고 생각도 깊고."

"크게 되겠어."

"네?"

말뜻을 알아차리지 못한 구타개의 눈이 커졌다.

추산이 집으로 돌아오자 하후천 부녀가 와 있었다. 피광이 연락을 한 모양이었다.

"산아."

하후청이 피투성이가 된 추산을 끌어안고 울음을 터뜨린다.

"흐흑! 이게 뭐야, 진짜! 사람을 어떻게……!"

하후청은 눈물바람을 했다.

하후천 또한 고개를 돌려 버렸다.

황실에서 반역에 연루되어 고문을 받고 죽어가는 사람을 적지 않게 보았지만 지금 추산의 모습이 그러했다. 눈 뜨고는 도저히 볼 수가 없었다. 황실에서부터 느낀 것이지만 인간의 탐욕과 잔인성은 끝이 없었다.

"오, 오셨습니까."

추산은 하후천을 향해 정중한 예를 취했다.

하후천은 아무 말도 하지 않았다.

그런데도 추산은 하후천을 보며 웃음을 지었다.

히죽!

하후청과 피광의 눈이 커졌다. 지금은 절대 웃을 때가 아니었다. 울분을 토하고 아망개에 대해 할 수 있는 최대한의 욕을 뱉어도 부족할 판인데 웃다니.

"사, 산아……!

놀란 사람은 하후청이었다.

너무 맞아 혹시 머리가 잘못된 것이 아닌가 하는 맘에 덜컥 가슴이 내려앉았다.

"나, 나… 알아보겠어?"

"나, 나… 아무렇… 지 않아."

"그런데 왜 웃어?"

"그냥."

"그게 뭐야? 난 지금 미치고 환장하겠는데 어떻게 웃느냐고!"

하후청은 물수건으로 추산의 얼굴과 상처 부위의 피를 닦았고, 피광은 그사이에 북리 의원을 데려왔다.

추산의 일로 아망개에게 끌려가 호되게 당한 경험이 있는 북리 의원은 이 모든 것이 자기 탓이라면서 치료를 했다. 자신이 입만 다물었으면 추산이 이렇게 끌려가지 않아도 될 것을 하면서 연신 미안하다는 말을 했다.

금창약을 바르고 북리 의원이 손수 지어왔다는 탕약을 복용
하자 상태는 조금씩 호전되는 기미를 보였다.

"방에 눕거라. 금침을 가져왔으니 몇 대 맞자."

"너무 미안해할 것 없습니다. 전 의원님께 아무런 사심 갖고
있지 않아요."

북리 의원은 말이 없었다.

인생은 나이순이 아니다. 추산을 보면 말이다. 자신보다 훨
씬 속이 깊고 따뜻하며 관용하다.

"대단하구나."

불현듯 하후천이 말했다.

영문을 모르는 하후청이 쳐다보며 묻는다.

"아, 아버지, 뭐가 대단하다고 그러세요?"

아까부터 울어도 시원찮을 판인데 아버지는 고개를 끄덕이
다 웃기도 한다. 그런 태도에 그녀는 불만이 쌓이기 시작했다.

"사실은……."

하후천이 입을 열어 말했다.

며칠 전 추산은 하후천에게 분명히 말했다.

아망개가 틀림없이 자신을 잡으러 올 것이라고.

하후천은 그 이유를 물었다.

물론 가짜를 주었기 때문이라는 것이다. 아망개 같은 고수
가 진위를 모르겠느냐고.

자신이 빼돌렸다고 의심하여 고문을 가할 것이라는 대목에
하후천은 그럼 잠시 피해 있는 게 어떠냐고 물었다.

추산은 고개를 저었다.

"피하면 더욱 의심을 받습니다. 상대에게 잡혀가 줘야 합니다. 억울하다고 도망가거나 길길이 날뛰면 상대는 더욱 강하게 나옵니다. 깨끗하게 정면으로 맞서는 것 말고는 수가 없습니다. 더구나 개방의 눈을 피한다는 건 불가능합니다."

저잣거리에서 그렇게 살아왔다.
"그래서 죽여달라고 했단 말이야?"
"응. 그 방법 말고는 그의 몽둥이질에 맞설 적당한 팻감이 없잖아."
"그러다 진짜 죽이면 어떡하려고?"
하후청이 소름 끼친다는 듯 몸을 떨며 물었다.
추산은 빙긋 웃었다.
"못 죽여. 나에 대한 의심이 걷히지 않았기 때문에 절대 못 죽이지. 다만 앞으로 날 꾸준히 감시하거나 지켜는 볼 거야."
추산이 절뚝이며 샘가로 다가갔다. 물이 넘쳐흐르는 샘물을 바가지로 푸려다 멈칫했다.
험악한 자신의 얼굴이 물속에 있다. 아무리 봐도 자신의 얼굴은 발견되지 않을 만큼 처참하다.

"누구냐? 몇 살이야? 이름은?"
아홉 살 때쯤일 것이다. 생계를 위해 저잣거리에 터를 잡았다가 어느 날 한 사내에게 실컷 얻어맞았다. 상대는 열일곱 살짜리 유충이라는 인물로 체격까지 컸으며 적령초 장사를 했다.

문제는 하필 추산도 적령초를 캐다 팔았고, 그게 그의 비위를 자극한 것이다. 동일한 장사를 멀지 않은 곳에서 추산이 했고, 더구나 가격까지 쌌다. 독점이어서 바가지를 씌우며 주머니를 채우던 유충에게 추산의 등장은 훼방꾼에 가까웠다.

추산이 아무리 엉겨 붙어도 도무지 상대가 되지 않았고, 그로부터 일주일만에 돌아온 부친은 그때까지 가라앉지 않은 추산의 몰골에 경악했다.

맞고 돌아와도 절대 고자질 따위는 하지 않았다. 이상하게 부자지간이지만 창피했고 자기 일은 자기 손으로 처리하고 싶었다. 기한은 없지만 언젠가 때가 되면 자기 손으로 당한 빚을 받으리라 생각하고 있는데 끝없이 부친은 물었다. 문제는 부친의 눈에서 살기가 발견되었다는 것이다.

처음 보는 무시무시한 광경이었다.

추산은 끝내 말해주지 않았다. 그리고 그날 밤 잠결에 차가운 기운에 슬며시 눈을 떴다.

부친이 자신의 부은 얼굴과 딱지 않은 상처를 만지며 눈물을 흘리고 있었다.

"그래, 사내는 그러는 것이다. 그게 사내야."

아버지는 흐느끼고 있었다.

                    *   *   *

　처음에는 모두들 눈이 반짝거렸다. 생사를 넘나드는 전장으로 떠난다는 긴장감에 하나같이 잠을 이루지 못했다. 그렇지만 하루가 지나고 이틀이 지나면서 서서히 자세들이 흐트러졌다. 그리고 옆사람과 얘기도 나누고 웃었다.

　식사는 간단했다. 전장으로 가는 길목에 무림맹에서 지정해놓은 객점이 있었으며, 그곳에서 해결했다.

　툭!

　점심을 먹고 일어서려는데 뭔가가 떨어진다.

　손바닥 크기만 한 딱딱한 닥종이 한 장.

　닥종이를 뒤집자 아홉 살가량의 소년 한 명이 환히 웃고 있었다.

　추산이다.

　비록 서툴지만 추산에게 향소단을 복용시키고 자신이 직접 그린 것이다.

　향소단(香笑丹)은 사람을 웃게 만드는 약초다. 사람뿐만이 아니라 짐승들도 향소단을 먹이면 웃는다.

　우리 아들 환히 웃는 초상화 하나 만들고 싶다고 아무리 사정해도 추산은 웃어주지 않고 응해주지 않았다. 그래서 고민 끝에 몰래 밥에 향소단을 넣어버렸다. 향소단이 들어간 밥을 먹은 추산은 반 각 가까운 시간 동안 자주 웃었고, 그때를 놓치지 않고 그린 것이 지금의 초상화였다.

자신도 모르게 웃음이 나온다.

추산의 초상화는 삶의 가치이자 죽지 않아야 할 이유가 되어버렸다. 위기에 처할 때마다 추산의 초상화를 보며 난관을 돌파했고, 고통스러울 때마다 추산을 보며 웃었다. 그리고 더욱 묘한 것은 추산의 초상화를 지니고 난 뒤부터 이상하게 일이 잘되었다. 청부 받은 일마다 완벽하게 성공했다.

지금쯤 뭘 하고 있을까. 워낙 영리한 녀석이니 곽 대인에게 돈은 받았을 것이다. 염려스러운 건 불의나 부정에 결코 물러서지 않는다는 사실이다. 사람이 때로는 물러서고 고개를 돌릴 줄도 알아야 하는데 추산은 아니었다. 물론 그런 배포와 의리 때문에 저잣거리에서 신임을 얻었겠지만.

'산아!'

갑자기 목이 멘다.

"안 가, 인마?"

동료 하나가 다가오자 얼른 초상화를 품에 넣고 자리에서 일어났다.

"표정이 왜 그래? 어디 아파?"

글썽이는 눈물을 보며 동료의 눈이 커졌다.

"하품을 했더니……."

"자식, 난 또. 가자고."

두 사람은 나란히 어깨를 하고 나갔다.

마차 안은 활기로 가득 차 올랐다.

그러나 오직 한 사람, 추작도만이 심각했다.

그는 왕자흥에게 받았던 황보세가의 십자파어도법을 살피고 있었다. 워낙 내용이 방대하고 두꺼워 과연 격전지에 도착할 때까지 모두 살펴볼 수 있을지 자신할 수 없었지만 꼼꼼하게 초식 하나하나 놓치지 않고 읽어갔다.

결국 사흘째 읽었지만 아직 반 권 분량도 읽지 못했다. 보다 못한 듯 한 동료가 재촉했다.

"대충 읽어라. 그러다 세월 다 가겠다."

"내버려 둬. 한 초식이라도 더 배우고 싶은 마음이야 누가 말리겠어."

추작도는 가벼운 미소를 한 번 지어주고 다시 십자파어도법을 살폈다.

그러나 마차 안 누구도 모르는 한 가지 사실이 있었다. 추작도는 이미 십자파어도법을 모조리 독파했다. 지금 두 번째로 읽고 있는 것이었다.

달마는 강호를 오십부터라고 했다.

오십이 되어야 무공에 대해 조금씩 눈을 뜬다는 얘기다. 비록 지닌 절기는 보잘것없는 잡객이지만 추작도가 쌓은 경험은 그 어떤 이에 비해 적지 않았다.

말 그대로 산전수전 다 겪은 것이다.

그래서 척 보면 상대에 대한 파악이 가능하다. 전부는 아닐지라도 팔 할 이상은 읽어낸다.

　싸워야 할 상대인지 도망가야 할 상대인지, 자존심 상하지만 사과를 해야 할지 한판 붙어도 해가 안 될 상대인지 금방 알아차릴 수가 있었다.

　무공 초식 또한 그러했다. 아무리 화려한 미사여구를 통해 장황하게 위력을 설명해 놨어도 추작도에게만은 통하지 않았다. 단출하더라도 위력이 강한 초식이 있고, 거칠고 웅장한 이름을 지녔지만 허수아비와 다를 바 없는 초식이 있었다.

　십자파어도법 또한 그러했다.

　십자파어도법 역시 처음부터 강하다는 표현과 위력에 대한 비교와 증거가 빠지지 않았다. 강함도 너무 자주 강조하다 보니 점점 식상해졌다.

　또 한 가지 추작도가 약간 시큰둥한 것은 진정한 황보세가의 도법은 실려 있지 않을 것이기 때문이었다. 왕자흥이 지닌 십자파어도법 사본에는 황보세가의 핵심이라고 할 가전 절기는 없다고 봐도 무방했다. 어느 가문이 혈족도 아닌 외부인에게 진정한 절기를 가르치겠는가.

　외부로 흘러나가도 큰 타격이 되지 않을 도법 위주로 담아 놨음을 한눈에 알 수 있었다. 그래도 분명한 사실 하나는 지금까지 자신이 본 어떤 도법보다 강하다는 것이었다.

　그러면 된 것이다.

　황보세가를 떠난 지 열흘째 되던 날 추작도는 그때까지 보고 있던 십자파어도법을 덮었다. 그가 책을 덮자 잡담을 하고 있던 사내들이 돌아보았다.

하나같이 흥미진진한 얼굴들이었다. 과연 무슨 초식을 연마하기로 결정했을까. 설마 자신들도 채 익히지 못한 저 두꺼운 책의 내용을 다 외운 건 아닐 테고.

"말해봐. 뭘로 결정했어?"

"꿀꺽!"

모두가 눈을 빛냈다.

추작도는 놓았던 사본을 다시 들어 표지를 보며 말했다.

"그냥!"

"그냥이라니? 말해보라니까?"

추작도는 책을 놓고 말했다.

"일류선(一流線)."

"일류선이라니? 정말이야?"

사내들이 놀란 표정을 짓더니 이내 조롱하듯 웃는다.

"일류선은 자도 아냐."

"인마, 지난 열흘 동안 그토록 책을 파더니 고작 그 흔한 도법을 꼽았단 말이야?"

"우헤헤헤! 웃겨, 저 자식. 진짜 우, 웃겨. 정말 죽인다."

부처님처럼 미간에 붉은 사마귀를 단 사내가 배꼽을 잡고 웃었다.

왜 웃느냐는 듯 추작도는 붉은 사마귀 사내를 보았다. 사마귀뿐만 아니라 생긴 것도 부처님처럼 자비스럽게 생겼는데 입술이 젓가락마냥 가늘었다.

—고문구(拷問口).

원래는 '고문(孤紋)'을 쓰지만 워낙 고문구는 관상학에서 차갑고 냉혈한으로 정평이 나 있기 때문에 고문(拷問)으로 쓰거나 살구(殺口)라고도 한다.

"널 소개한 사람이 추운도수라면서?"

"응!"

"그 사람, 상당히 이름 있잖아. 그런 분이 어떻게 너 같은 꼴통을 보냈지? 너, 일류선이 어떤 도법인지나 알고 찍은 거야?"

"알지."

찌르고[刺], 베고[斫], 치는[打] 것이 도법의 기본이다.

이름하여 삼종지도(三種之道).

이 세 가지의 줄기를 토대로 여러 가지 변(變)과 기(技)를 만든다.

칼이든 검이든 어느 한 경지에 오른 사람치고 삼종지도에 능숙하지 않는 사람이 없었다.

검이 높은 인물일수록 그 세 가지가 탄탄하다. 기본이 탄탄하면 뻗어 나오는 잔가지[變技] 또한 위력적일 수밖에 없었다.

"헤헤헤! 내 말은 다른 건 안 배우느냔 얘기지. 어떻게 칼을 배우는데 찌르는 것 하나만 배우려 드느냐고. 너 혹시 이것 아냐?"

그러면서 검지로 머리를 빙빙 돌렸다.

“호호호!”

“클클클!”

사내들이 재미있다는 듯 웃는다.

추작도 또한 따라서 같이 웃음을 지었다.

“상식적으로 생각해 봐. 싸우다 보면 본의 아니게 베어야 할 때가 있고 쳐야 할 때가 있는데, 찌르는 것만 배웠는데 상대가 베어야 할 각도로 움직이면 어떡할 거야?”

사내들 모두 같은 의문을 일으킨 듯 일제히 바라본다.

추작도는 대수롭지 않다는 듯 말했다.

“그때 가보면 또 뭐 길이 생기겠지.”

“뭐, 뭐라고?”

“길이 생겨. 그러니까 아직 일어나지도 않는 일로 골치 썩이고 싶지 않다는 거야.”

“저 자식, 진짜 재밌다. 나 오늘부터 저 녀석과 친해질 거야. 너 이름이 노독수라고 했지? 난 나조야. 우리 친하게 지내자. 호호호.”

추작도는 고개를 끄덕였다.

“그렇게 말하지 않아도 우리 친하게 지내야 되잖아.”

“자식, 볼수록 맘에 들어.”

“나도 들어.”

“아주 좋아. 매우 기뻐.”

여기저기서 맞장구를 칠 때 잠에 곯아떨어진 왕자흉이 기지개를 켜며 일어났다.

“왜 이렇게 시끄러워?”

“마침 잘 기침하셨습니다. 무교님, 이 친구 좀 보십시오.”

“왜? 무슨 일 있어?”

“아니, 글쎄, 열흘 동안 핏발이 서도록 무서를 살피더니 고작 배우기로 결정한 것이 일류선 하나라고 하잖습니까?”

왕자흉이 하품을 하며 돌아보았다.

“정말인가?”

“예!”

“작도나 타도는?”

“생각없습니다.”

나조가 또다시 웃었다.

“생각없대, 헤헤헤! 무공이 무슨 음식이냐, 생각이 있고 없게.”

왕자흉은 정색을 하고 추작도를 살폈다.

“진짜?”

“예!”

왕자흉은 추작도를 뚫어져라 바라보았다.

그의 눈빛 깊숙한 곳에서 작은 흔들림이 있음을 추작도 말고는 아무도 몰랐다.

“북경 감사도 제 싫으면 관둔다고 했으니 네 알아서 하거라만, 아직까지 찌르는 것 하나만 배우겠다는 놈은 네가 처음이구나. 더구나 전쟁터에 가면 많이 배워둘수록 생존에 도움이 될 터인데.”

추작도는 아무런 말도 하지 않고 책을 넘겨주었다.

왕자흥은 책을 품속에 넣다 말고 말했다.

"들어가면 더 이상 안 나와. 잘 생각해 봐. 후회없겠느냐?"

그가 책을 집어넣지 않고 다짐 받듯 물었다.

추작도는 헛기침을 하며 대답했다.

"예!"

스윽!

왕자흥은 도서(刀書)를 넣었다.

드르륵!

추작도는 창문을 열었다.

밖은 캄캄한 밤이었다. 고개를 길게 빼내더니 하늘을 올려다봤다. 먹구름이 잔뜩 끼어 주위는 더욱 어둡고 마차 바퀴 굴러가는 소리만이 어둠을 흔들어 깨우고 있었다.

콰아아!

바로 그때였다. 갑자기 엄청난 굉음이 터지며 타고 가던 마차가 허공으로 치솟았다.

히히힝!

말들의 비명 소리가 들리고 허공 높이 솟구친 마차가 부서지며 강력한 폭풍에 사내들이 날아갔다.

"저, 적이닷!"

"엄폐하라!"

누군가 외쳤다.

퍼억!

추작도의 몸은 이십여 장쯤 날아가 떨어졌다. 뒤이어 쿵 하는 소리와 함께 뭔가가 가슴을 눌렀다.

어찌나 아프고 사태도 갑작스러워 정신이 하나도 없었다. 끈적끈적한 것이 뺨을 타고 흘러내려 왼쪽 관자놀이를 만졌다. 손가락 끝을 눈 가까이 대자 피였다.

인피면구가 아닌 머리가 깨진 것이 천만다행이었다.

"으음!"

그는 일어날 수가 없었다.

고개를 들어 앞가슴을 보았다.

커다란 고목 아래 깔린 것이다.

쨍쨍쨍!

어둠 속에서 병장기 부딪치는 소리가 났다.

그는 눈을 크게 떴다. 어둠 속에서 십여 명의 무사들이 뒤엉켜 싸우고 있었다.

―이럴 수가!

추작도의 눈이 부릅떠졌다.

자신의 눈은 한 번도 이렇게 훤해본 적이 없었다.

그런데 어떻게 된 영문인지 대낮 비슷하게 보였다. 고개를 들어 하늘을 보았다. 별도 달도 없는 캄캄한 먹구름이 사방을 덮고 있었다.

어둠은 자신이 살아가는 데, 아니, 엄밀하게 말한다면 잡객으로 삶을 영위하는 데 가장 큰 장애물이었다.

어쩔 수 없이 주로 밤에 일을 해야 하는데, 약한 내공으로 인해 사물에 대한 식별력이 떨어졌다. 그래서 다른 사람들과 달리 대낮에 침입하며 일 처리를 하다 보니 항시 생사가 달랑달랑했다.

내공이 더 높아져 눈이 조금만 밝아진다면 밤에 움직이고, 그러면 위험은 훨씬 줄어들 것이기에 미치도록 운기조식에 매달렸지만 그다지 진척은 없었다.

─그것이구나.

퍼득 떠오르는 한 인물.
노승, 그리고 낡은 손으로 주던 황금색 단약.

─금핵단(金核丹).

추작도는 잠이 들기 전 동자승의 투덜거림을 기억하고 있었다.

삼백예순다섯 가지의 각종 기화영초가 들어간 희대의 영약으로 소림의 대환단에 밀리지 않는다는 말.

"컥!"

"으악!"

계속해서 비명이 들려왔다.

적의 매복에 걸린 것이 분명했다. 적은 화탄을 설치해 놓고 마차가 지나가기를 기다린 것이다. 그렇다면 자신은 이미 전장 속으로 들어와 있다고 보아야 했다.

아무리 강한 집단도 기습을 받으면 일정 시간 동안 밀린다. 더구나 같이 온 동료들은 신출내기들이다. 황보세가에서 얼마만큼 강도 높은 수련을 받았는지는 모르지만 강호 경험은 그다지 풍부하지 않을 것이다.

추작도의 가슴을 누르고 있는 것은 아름드리 고목인데 어렵지 않게 밀어 올려졌다.

정말 꿈같은 일이었다.

고목을 빠져나온 추작도는 자세를 낮추고 조용히 다가갔다.

"더러운 놈들아, 암습을 해?! 헤헤헤! 흑도 놈들 아니랄까 봐! 네가 널 살려주면 사람이 아니다!"

귀에 익은 욕설이 들렸다.

나조는 덩치 좋은 자와 싸우고 있었는데 밀리고 있었다. 그러는데도 고래고래 악을 썼다.

"죽여 봐! 죽여 봐! 네까짓 놈들은 우습다! 덤벼랏! 우헤헤!"

―용력(勇力)!

불리하거나 위기에 처했을 때 소릴 지르거나 욕설을 뱉어 두려움을 떨쳐 내려는 일종의 자기최면.

추작도 역시 한때 즐겨 써먹던 수법을 지금 나조가 사용하

고 있었다. 어린아이가 어둔 밤길을 걸어갈 때 두려움을 떨쳐
내기 위해 노래를 부르는 것 역시 용력이다.

슈슈슈슈!

나조와 싸우는 흑의사내의 검은 소낙비라 할 만했다.

흔히 말하는 냉검(冷劍).

대부분 상대의 욕설이나 모욕적인 언사가 폭우처럼 쏟아지
면 어지간한 고수도 이성을 잃는데 흑의사내는 달랐다. 나조
의 욕설과는 별개로 자신의 기세를 소름 끼칠 만큼 유지하며
휘두르는 검을 냉검이라고 부른다.

흑의사내는 이런 일, 즉 매복, 침투, 암살에 능숙한 경험을
지닌 자임을 알 수 있었다.

화탄이 터지며 입은 상처까지 더해지면서 나조뿐만이 아니
라 주위 상황은 극히 위태로웠다.

“컥!”

“으아악!”

비명이 끊이지 않았다.

추작도는 나조와 싸우고 있는 적의 등 뒤로 다가갔다.

푸욱!

그런데 놀라운 일이 벌어졌다.

추작도의 얼굴에 당황한 기색이 떠올랐다. 상대가 신경을
나조에게 집중하고 있었다고는 하지만 자신의 움직임을 전혀
알아차리지 못하다니.

상대의 검과 움직임이 하도 좋아 무척 조심하긴 했다.

너무 놀란 추작도는 흑의사내의 명문혈에 박힌 칼을 뽑을 생각도 하지 못했다.

"꿀꺽!"

아무리 생각해도 자신의 보법이 은밀해졌다는 의미 말고 다른 뜻이 없었다.

한편 나조의 눈은 부릅떠졌다.

죽었다고 생각했다.

당황하다 보니 배웠던 초식대로 칼은 움직여 주지 않았고, 그래서 더욱 위기에 몰렸다. 화탄에 입은 상처까지 움직임을 방해해 오죽했으면 하오문의 잡술이라는 용력까지 썼겠는가.

글썽!

자신도 모르게 눈물이 나오려고 했다.

그때 추작도가 말했다.

"뭘 그렇게 봐. 어서 저쪽으로 가보자."

"으, 응. 아, 알았어."

자신들의 마차만 기습을 당한 것이 아니었다.

갑조를 태우고 가던 마차 다섯 대 모두가 매복에 걸렸다.

멀리서 병장기 부딪치는 소리, 고함 소리, 비명 소리가 폭발하듯 들려온다.

"으허허허!"

나조는 소스라쳤다. 발치에 뭔가 걸려 고개를 숙였는데, 조금 전 마차에서 농담을 건넸던 두 동료가 시체가 되어 있었다.

무인으로 채 꿈도 피워보지 못한 동료의 죽음에 나조는 온

몸을 떨었다.

　나조가 마음을 굳게 먹고 고개를 들었을 때 추작도는 보이지 않았다.

　"독수, 독수 어딨어?"

　갑자기 추작도가 구원의 동아줄처럼 여겨졌다. 나조는 두 눈을 부릅뜨고 추작도를 찾기 시작했다.

　"사, 살려줘!"

　"내, 내 팔, 내 팔이 없어졌어. 우와아아아!"

　적은 사라졌지만 비명과 아우성은 멈추지 않았다.

　매복은 많은 숫자가 동원되지 않는다. 숫자가 많으면 아무리 위장을 잘한다고 해도 인간의 몸에서 풍기는 냄새를 비롯한 여러 단점이 노출되어 발각될 가능성이 높기 때문이었다. 화탄이나 독으로 전열을 흔들어놓고 기습적으로 도륙한 다음 신속히 빠지는 것이 매복의 기본이었다.

　삐이익!

　어둠을 가파르게 찔러가는 휘파람 소리.

　왕자흉이 다섯 대 마차에 탄 무사들을 한곳으로 불러 모으는 신호였다.

　반 각, 일각, 이각.

　기다리던 왕자흉의 표정이 굳어지기 시작했다.

　삐이이! 삐이익!

　재차 휘파람을 불었다.

조금 전보다 더욱 강력하고 긴 여운이 실린 휘파람.

모두가 숨을 죽였다. 추작도가 탄 마차에서는 두 명이 죽고 한 명이 다쳤다.

"옵니다!"

발자국 소리가 들렸다.

어둠 속에서 사내들이 몰려들었다.

화악!

추작도의 눈이 커졌다.

두 발로 걸어온 사람은 몇 되지 않았다. 대부분 동료의 부축을 받으며 다가왔는데, 하나같이 피를 흘리거나 흑의를 찢어 상처를 싸매고 있었다.

왕자흥의 얼굴이 처절하게 우그러졌다.

스물한 명.

분명히 오십 명이 왔다.

엄청난 피해가 아닐 수 없었다. 목적지에 도착하기도 전에 절반 이상이 날아가 버린 것이었다. 지금까지 수많은 무사를 훈련시켰고 전쟁터로 실어 날랐지만 이번 같은 피해와 지독한 매복은 처음이었다. 이를 갈고 핏발을 세웠지만 상황은 돌이켜지지 않았다.

"화탄의 종류가 밝혀졌습니다."

한 사내가 부러진 나뭇조각 한 개를 가져와 내밀었다. 부러진 나무에 박힌 손톱 크기만 한 붉은 파편 한 개.

―적율탄(赤栗彈).

크기는 성인 머리만 하며 붉은색이다. 폭발하면 밤알 크기
로 산산이 부서지며 반경 십여 장을 쑥대밭으로 만들어 버린
강력한 화탄이다.
"우리쪽 사, 사망자는?"
사내가 말을 끊었다.
왕자흥이 거칠게 물었다.
"적은?"
"하, 한 명뿐입니다."
뿌드득!
왕자흥이 부러져 나갈 만큼 거세게 이를 갈았다.
아무리 매복에 걸렸다고 하지만 고작 한 명 죽였다는 건 완
패를 넘어 전멸이라고 해도 할 말이 없었다.
왕자흥은 고개를 들었다.
어두운 하늘을 올려다보는 왕자흥의 얼굴이 처절하게 우그
러졌다.
"누, 누가 죽였나?"
"독수요!"
나조가 사람들을 밀치고 나왔다.
나조는 자기 일처럼 큰 소리로 말했다.
"내가 이 자식에게 죽을 뻔했는데 독수가 해치워 버렸습니
다. 한 방에."

나조가 적의 시체 한 구를 가리켰다.

생존한 동료들 시선이 일제히 추작도에게 멎었다.

단 일 초의 황보세가 무공도 배우지 않는 추작도가 매복 무사를 죽였다는 것에 어리둥절해했다.

"우, 운이 좋았습니다. 등을 돌리고 있기에 살금살금 다가가……."

그제야 동료들이 그럼 그렇지 하는 표정으로 고개를 끄덕였다.

왕자흥이 명령했다.

"시체를 갖고 가자!"

마차가 모조리 박살 나는 바람에 걸어갔다. 마차로 갔다면 하루면 도착할 것을 닷새 만에 전선에 이르렀다.

대통산(大通山).

청해성 동부 지역의 산으로 곤륜산과 아미금산, 자달목분지 사이에 평행으로 뻗은 작은 산이었다. 황보세가의 대본영이 자리 잡고 있는 곳이다.

대본영에서부터 남쪽으로 이백 리에 걸쳐 황보세가가 맡고 있었다.

이곳의 대장군은 황보황의 셋째 동생인 황보곤이었다. 올해 쉰하나로 검은 수염을 가슴 앞까지 드리운 육 척 거구의 인물.

빠아악!

우려했던 일이 벌어지고 말았다.

그는 보자마자 왕자흥의 정강이를 걷어찼다.

오십 명을 기다렸다가 고작 스물 명, 그것도 부상자까지 포함한 초라한 숫자에 다혈질의 황보곤이 가만있을 턱이 없었다.

뻐억!

뻐버벅!

주먹과 발길질이 한동안 그치지 않았다.

"윽!"

"똑바로 서!"

자세를 고쳐 잡자 다시 걷어찬다.

"큭!"

정강이가 무너지는 듯했다.

이유야 어쨌든 아래 무사들을 온전하게 데려오지 못한 것은 인솔자의 책임.

더구나 전시이기 때문에 당장 참수를 당해도 할 말이 없다.

콱!

황보곤의 오른손이 차고 있던 칼의 손잡이를 거머쥔다.

두 눈이 파르르 떨리는 곳이 보통 분노한 것이 아니었다.

동문끼리 뭉쳐야 전쟁의 위력은 커진다. 그래서 황보세가를 비롯해 강호의 명문들은 각파 별로 전선을 나눠 맡고 있었다. 그러다 보니 남쪽으로 많이 내려왔느냐, 북쪽으로 밀고 올라 갔느냐에 따라 자파의 능력과 자존심이 걸린다.

흑도와의 싸움이기도 하지만 어찌 보면 서로 간에 보이지 않는 승부가 더 크게 작용하고 있었다. 그렇기에 한 치의 땅이라도 더 점령하기 위해 애를 쓴다. 북으로 얼마만큼 더 치고 올라갔느냐에 따라 경쟁 가문보다 강하느냐 약하느냐가 결정되기 때문에 지금이야말로 한 명의 무사가 아쉬운 판이었다.

탁!

황보곤은 반쯤 뽑았던 칼을 힘차게 집어넣었다.

"돌아가라. 가서 가능한 빠른 시일 내에 추가 병력을 인솔해오도록."

황보세가와 맞서고 있는 흑도 집단은 귀왕문이었다. 흑도오문 중 한 곳으로 보통 질긴 상대가 아니었다. 양쪽은 파도처럼 밀려갔다 밀려오는 일진일퇴 공방전을 두 달째 벌이고 있었다.

"형님께 따로 전서구를 보냈지만 최소한 석 달 이내에 못해도 이백 명 가까운 무사를 더 보내야 한다. 그렇지 않으면 전선이 위험해진다."

"존명! 그대로 전하겠나이다."

"저 시체 치워! 뭐하러 가져와!"

조금이라도 책임 추궁을 가볍게 받아보기 위해 적의 시체를 가져왔는데 오히려 불을 지른 효과만 냈다.

사내들이 시신을 끌고 사라졌다.

왕자흥은 몸을 돌렸다.

비록 스물한 명밖에 되지 않았지만 왕자흥은 침통한 얼굴로 자신이 데려온 무사들을 향해 한마디 했다.

"부디 행운을 빈다. 필사즉생이라고 했으니 반드시 살아오길 바란다."

삼십 년의 전쟁.

사실 언제 끝날지 누구도 장담할 수 없었다.

강호 사상 흑도와 가장 길고도 지루한 전쟁이 벌어지고 있는 것이다.

왕자흉이 오길 손꼽아 기다리던 각 지단의 단주들 표정도 납덩이가 되었다. 오십 명이라고 하여 셈도 하고 병력을 보충한 뒤 나름대로 작전 계획까지 세워놨는데 절반도 채 되지 않은 숫자에 얼굴들이 무거웠다.

"뭣들 하느냐? 어서 데리고 가도록 하라!"

꼴도 보기 싫다는 듯 황보곤이 버럭 소릴 질렀다.

"젠장!"

"돌겠구만. 카악!"

숫자가 승패에 미치는 영향은 적지 않다.

고작 다섯 명 전후로밖에 데려갈 수 없는 현실에 기가 막힌지 한동안 우두커니 서 있던 단주들이 부동자세의 스물한 명 주위를 돌았다.

탁!

단주 하나가 앞에 선 사내의 어깨에 손을 얹었다.

"냉수면입니다."

사내가 큰 소리로 대답했다.

"그 몸으로 싸울 수 있겠나?"

그는 매복 공격에 오른쪽 다리를 다쳤는데 최소한 한 달 정
도는 치료를 받아야 할 정도였다.

"이가 없으면 잇몸으로 싸울 것입니다."

"잇몸으로 어떻게 싸운단 말인가?"

"싸울 수 있습니다."

빠아악!

벼락같이 턱을 돌렸다.

냉수면은 꼼짝 못하고 나가떨어졌다.

"잇몸으로 싸울 수 있다면서! 어디 덤벼보아라!"

냉수면은 벌떡 일어나 큰 소리로 대답했다.

"싸울 수 있습니다! 맡겨만 주십시오!"

"큭!"

"쳇!"

단주들이 웃는다.

"그만 데려가자고. 이왕 이렇게 됐는데 어쩔 수 없잖나."

단주들은 서찰에 적힌 이름을 불렀다.

"이사왕."

"걔는 죽었습니다."

"감석수!"

"걔도 죽었는데요."

"이런 젠장!"

붓으로 죽은 자의 명단을 그어대며 연신 불러댔다.

"나조!"

뚱뚱한 인물이 부른다.

"옛!"

"노독수!"

"옛!"

"원독출!"

"옛!"

"냉수면!"

"옛!"

평범한 체격에 마흔 초반가량의 사내, 너무 뚱뚱해 목이 짧아 보인다.

그런데 왼쪽 귀가 보이지 않았다. 뒤 굽이 거의 닳은 가죽 장화를 신었고, 연신 흘러내리는 땀을 부지런히 손등으로 훔쳐냈다.

네 사람은 뚱뚱한 사내 앞에 부동자세로 섰다.

넷 중 유일하게 다친 사람은 냉수면뿐이었다. 부상자가 많은 다른 지단에 비해 대체적으로 만족스럽다는 듯 뚱뚱한 사내는 입가에 슬쩍 미소를 지었다.

"반갑다. 난 동도악이라고 한다."

동도악이란 말에 넷 모두 눈을 크게 떴다.

나수도옥(羅修刀獄), 지옥의 칼이라 불리는 인물이었다.

칼을 자주 뽑지 않지만 뽑히면 모조리 죽인다. 상대만 죽이는 것이 아니라 주위 모두를 피바다로 만들어 버린다고 하여 나수도륙이라고도 불렸다.

추작도는 새 동료가 된 셋과 함께 동도악이 끌고 온 마차에 올랐다.

덜컹!

마차는 일행을 태우고 또다시 움직였다.

지루한 마차 여행이 시작되었다. 매복에 의한 한바탕 피의 폭풍이 분 탓인지 모두가 입을 다물었고 안색은 쉿덩이였다. 언제 또다시 그와 같은 매복에 걸릴지 모른다는 불안감 때문인지 자꾸 주위를 돌아보고 마차 밖을 살피기도 했다.

금방이라도 폭발할 것 같은 마차 안 분위기에 동도악이 피식 웃는다.

"죽음이 두렵나?"

누구도 대답을 하지 않았다.

"대답하라. 죽음이 두려운가?"

"아, 아닙니다."

"괜찮습니다."

원독출과 냉수면이 큰 소리로 말했다.

빠악!

빡!

동도악의 주먹이 둘의 턱을 돌렸다.

두 사람은 마차 바닥으로 나동그라졌지만 벌떡 일어섰다.

"죽음이 두렵나?"

두 사람은 대답을 하지 않았다.

“안 들리나? 죽음이 두려우냐고 물었다.”

“소, 솔직히 두렵습니다.”

“저도.”

동도악의 입가에 미소가 떠올랐다.

“그렇다. 죽음은 두려운 것이다. 두렵기 때문에 더 열심히 싸워야 한다. 그럼 죽지 않는다.”

별것 아닌 것 같았다. 그러나 그 내용을 좀 더 들여다보면 동도악은 지금 신입무사면 누구나 겪는 전쟁에 대한 공포를 제거해 주기 위해 애쓰고 있음을 알 수 있었다. 대부분 싸워보지도 못하고 죽는 경우가 허다했다. 물론 그 이유는 지나칠 만큼 죽음에 대한 두려움을 갖고 있기 때문이었다.

두려움이 크다 보면 몸이 경직되고 실력 발휘를 하지 못한다. 싸워보지도 못하고 죽는다.

마차는 본영을 떠나 이틀을 달려 마침내 적과 얼굴을 맞대고 있다 할 수 있는 최전선에 도착했다.

생사가 눈 깜짝할 사이에 왔다 갔다 하는 전쟁터답지 않게 주위는 너무나 평화롭고 아름다웠다. 숲은 우거졌고 새들의 노랫소리가 들리며 멀지 않은 곳에 폭포가 있는 듯 물 떨어지는 소리까지 들린다. 마치 낙양에서 이십 리 떨어진 고향 교벌 뒷산에 놀러 온 듯한 느낌.

신참들이 왔다는 소리에 막사 안에서 낮잠을 즐기던 무사들이 하나둘 걸어나왔다.

대략 오십여 명쯤 되었는데, 부상을 입은 환자들도 더러 보였다.

"끌끌!"

"저 뽀송한 피부 봐."

오랜 전쟁 때문인가. 광기로 번들거리는 눈빛.

이른바 피와 살육의 눈들이었다.

"각 조장들, 앞으로!"

동도악은 사내들을 향해 외쳤다.

네 명의 사내가 후다닥 달려와 부동자세로 섰다.

"호조, 철미관."

"낭조, 위가만."

"응조, 녹무산."

"사조, 모용탄."

이글거리는 한여름의 태양빛에 검게 그을린 건장한 체구의 네 사내.

"각자 마음에 드는 한 놈씩 데려가도록."

네 명의 조장이 다가왔다.

추작도를 비롯한 네 사람은 긴장한 신색을 감추지 못했다.

네 명의 조장은 앞뒤로 돌아 살피며 좀 더 쓸 만한 사람을 뽑겠다는 듯 어깨도 툭 쳐보고 등도 만지며 근육의 상태를 살폈다.

"난 이놈으로 하지."

호조 조장 철미관이 나조를 찍었다.

뒤이어 낭조 조장 위가만은 냉수면을 잡는다. 다리만 나으면 가장 쓸 만해 보인 것이다.

세 번째 웅조의 녹무산은 원독출을 데려갔다.

이제 남은 사람은 사조(蛇組) 조장 모용탄과 추작도뿐이었다.

"엠병!"

나름대로 세심하게 살핀다고 오래 본 사이에 선수를 빼앗긴 모용탄이 어이없다는 표정이었다.

추작도는 넷 중 가장 체격이 작았다.

물론 추작도가 작은 것이 아니라 넷이 컸지만.

주물럭!

타탁!

추작도의 옆구리와 어깨를 만지고 두들겨 보는 모용탄의 표정은 그다지 밝지 않았다.

비교적 추작도를 마음에 들어하지 않는 노골적인 모습에 동도악이 버럭 소릴 질렀다.

"그놈뿐인데 마음에 안 들면 어쩔 거야! 데리고 가!"

"가자."

모영탄이 한숨을 쉬며 앞장서 갔다.

사조의 천막은 맑은 물이 흐르는 계곡 가에 있었다. 위쪽으로 일 장은 조금 더 되어 보이는 폭포가 보였다.

천막 지붕에 새빨간 혀를 날름거리는 칠점사가 생생하게 문양되어 있었다.

사조를 나타내는 칠점사.

　이곳의 정확한 위치는 지도상으로는 청해였지만 감숙 경계에 있는 기련산 태을촌.

　황보세가는 지금 청해성을 놓고 귀왕문과 싸우는데 조금씩 밀리고 있었다. 만약 이곳 태을촌을 빼앗긴다면 감숙성을 내주는 건 시간문제였기에 더욱 사망자가 많은 치열한 곳이었다.

　두 사람이 천막 안으로 들어서자 십여 명의 사내가 있었다. 누워 잠을 자고 있기도 하고, 칼을 닦고 있기도 하고, 상처에 약을 바르기도 하고 마누라 얼굴이 그려진 초상화를 보며 회상에 젖어 있기도 했다.

　"모두 주목."

　깊이 잠든 사내들을 옆의 동료가 흔들어 깨웠다.

　모두가 추작도를 바라본다.

　"새로 들어온 후배다. 동생처럼 여기고 잘 돌봐주기 바란다."

　모용탄이 한발 물러섰다.

　추작도에게 한마디 하라는 행동이었다.

　추작도는 잠시 머뭇거리다가 말했다.

　"열심히 싸우겠습니다."

　"잉? 그게 다여?"

　뒤로 물러선 추작도를 보며 모용탄이 피식 웃는다.

　"하긴 사내자식이 말 많은 것도 좋은 모습은 아니지. 네 자리 저곳이다."

그가 손가락으로 구석진 곳을 가리켰다.

낡은 이불과 요가 개어져 있었다.

추작도는 다가가 짐을 풀었다.

그때 한 사내가 다가오더니 말했다.

"호호호! 아가야, 오자마자 이런 말 뱉기 뭐하지만 그곳이 어떤 자린 줄 아느냐?"

추작도가 돌아보았다.

사내는 누런 이를 드러내 놓고 말했다.

"사침(死寢)이라고 부른다. 그곳에서 잤던 놈들 치고 안 죽은 놈 없었느니라. 대개가 보름을 넘기지 못하고 시체가 되었지."

신입에게 그런 말을 하면 하나같이 소스라치고 안색이 누렇게 뜬다. 심지어는 그 자리에 털썩 주저앉아 버린 이도 있었다.

그런데 추작도는 아무런 반응이 없다. 무덤덤한 추작도의 반응에 오히려 사내의 눈이 커졌다.

第二章
일류선(一流線)이란 칼

검명도살

대충 짐을 정리한 추작도는 옆구리에 칼을 메고 막사를 나섰다.

오랫동안 숙영지로 묵은 탓인지 막사 주위는 맨땅이 드러나 반들반들했다.

서너 명의 무사들이 뙤약볕 아래 도법을 수련하고 있었다.

전쟁터라고 하지만 그다지 긴장감은 찾아볼 수 없었다. 다만 오랜 전쟁으로 몇몇이 정신 이상 증세를 보이고 있다는 얘긴 오는 도중 모용탄을 통해 들었다.

추작도의 얼굴에 감개무량한 표정이 자욱하게 피어났다. 전쟁터든 아니든 오직 꿈속에서조차까지 염원했던 명문가의 무사로 들어왔다는 것만이 기쁠 뿐이었다.

스윽!

추작도는 옆구리에 차고 있던 칼을 뽑아 들었다. 마차 안에서 보고 외웠던 일류선을 수련하려는 것이었다.

일류선, 극성에 이르면 일 도에 아홉 사람을 찔러 죽일 수 있다는 자도(刺刀)다.

일 도에 아홉.

도대체 얼마나 빨라야 한 번 뻗어 아홉을 죽이는가. 물론 강호에는 인간의 예상과 다른 말도 안 되는 일이 어렵지 않게 일어난다.

이보다 더 불가사의한 일을 보고 겪은 오십 인생.

정작 추작도가 염려하고 있는 것은 다른 데에 있었다.

쉰이란 나이, 근육과 뼈가 쇠퇴해 가는 연륜이다. 물론 그동안 부단한 고련으로 인해 일반인의 쉰에 비해 훨씬 날렵한 몸이긴 하지만 세월 앞에서는 어쩔 수 없었다.

그러나 이내 고개를 내저었다.

비록 전설로 흘러오는 얘기지만 칠십에 처음 칼을 잡았고, 아흔에 천하제일도객으로 올라섰다는 만도(萬刀)라는 인물도 있다. 그에 비하면 자신은 아직 청춘 아닌가.

청춘(靑春).

＊　　　＊　　　＊

　외상은 거의 나았는데 입안의 상처가 덜 아물었다. 식사가 불편하여 자주 물로 대신했고, 그 바람에 하후청과 피광이 번갈아가며 죽을 가져오는 고생을 했다.

　"어때?"

　오늘도 피광이 어머니께서 만든 죽이라면서 이층으로 된 찬합을 들고 들어섰다.

　"식기 전에 한술 떠."

　보자기를 풀고 뚜껑을 열자 구수한 냄새가 코를 찔렀다.

　전복으로 만든 죽이었다.

　피광은 부엌으로 들어가 숟가락 한 개를 들고 와 추산의 손에 쥐어주었다.

　"한창 피 끓는 나이에는 고기를 먹어야 키도 크고 힘도 팍팍 성장하는데 그 개자식 때문에 이 무슨 고생이냐?"

　두 숟가락째 삼키던 추산은 입을 열었다.

　"말해봐."

　일이 년 겪은 피광이 아니다.

　열심히 죽을 쒀가지고 온 것은 자신을 생각해서이기도 했지만 뭔가 할 말이 있기 때문이다. 앞전에 구타개가 찾아오면서 하려던 얘기가 중단되었는데 아마 이어진 얘기일 것이다.

　"뭘 그렇게 봐. 그만 털어놓아 보라니까."

　피광은 마른침을 삼켰다.

　"그래, 맞아. 할 말이 있어. 아주 중요해."

　추산은 입안 상처를 건들지 않도록 조심해 가며 죽을 삼

컸다.

"너, 돈 벌고 싶지 않니?"

추산은 눈을 치켜떴다.

무슨 말인지 자세히 해보라는 눈빛이다.

마른침을 삼키던 피광은 아주 중요한 일이나 된 듯 목소리를 낮췄다.

"혹시 금마옥이라고 들어봤어? 그 자식이 거짓말을 할까 봐 내가 조금 알아봤는데 흑도무림에서 상당히 알아준 문파더라고."

추산은 다시 죽을 떠 입으로 집어넣는다.

"한 달에 은자 석 냥을 준대."

뚝!

추산의 동작이 멈췄다.

꿀꺽!

막 떠 넣던 죽을 억지로 삼키고 피광을 바라본다.

피광이 말을 이었다.

"너도 알지. 지금 정파와 사파가 대가리 터지게 싸우고 있다는 것."

"그래서 용병이라도 모집한다는 거냐?"

"맞아, 용병. 한 달에 은자 석 냥을 지불한다는 거야. 한 달이 지나면 또다시 선불로 석 냥, 그런 식으로. 생각이 있으면 이번 보름날 밤 관제묘로 나오래."

"나이는?"

“열다섯에서부터 쉰까지.”

추산이 빤히 본다.

우린 그들이 요구하는 조건에 아직 맞지 않지 않느냐는 얘기다.

피광이 피식 웃음을 지었다.

“왜 이래, 진짜. 천하의 추산답지 않게.”

나이 따위 올리는 건 식은 죽 먹기 아니냐는 의미다.

추산은 이마를 찌푸렸다.

잠시 생각 정리가 되지 않을 때 나타나는 특유의 버릇이었다.

“지금 그 일로 저잣거리가 술렁거리고 있어. 생각해 봐. 한 달에 은자 석 냥을 준다는데 혹하지 않을 인간이 어딨어. 가뜩이나 먹고살기 힘들다고 난리인데.”

“그래서 가겠다는 것이냐?”

“그걸 말이라고 해. 내가 무슨 수로 한 달에 석 냥을 벌겠어. 가야지.”

피광은 똑바로 보았다.

단호한 표정으로 입을 열었다.

“너 또한 언제까지 뚜렷한 직업도 없이 살 거야? 한 달에 석 냥씩이면 일 년이면 삼십 냥이 넘잖아. 은자 삼십이면 이곳 저잣거리에서 쓸 만한 가게 하나를 열 수 있다고.”

“너, 싸움 잘해? 무공 아느냐고?”

“그런 것 상관하지 않는다고 했어.”

"그게 무슨 말이야? 돈 주고 용병을 모으는데 묻지도 않고 따지지도 않다니?"

"정말이야. 그냥 마음이 있으면 오라는 거야."

잠시 피광을 빤히 바라보던 추산은 남은 죽을 비웠다.

빈 죽 그릇을 씻기 위해 들고 나가려 하자 괜찮다면서 피광이 빼앗았다.

피광은 찬합을 보자기에 쌌다.

"미안하구나. 어머니께 잘 먹었다고 전해 드려."

"갈 거야, 말거야?"

추산은 아무런 대답도 하지 않았다.

다음날 피광은 또 찾아왔다. 역시 죽을 싼 찬합을 들고 왔는데, 추산이 첫 숟가락을 떠 넣기도 전에 또 어제 했던 얘기를 꺼냈다. 생각 좀 해봤느냐면서 같이 가자고 아우성이다.

그는 젊어서 한 푼이라도 벌어야지 우리같이 못 배우고 무식한 놈들이 언제 그런 목돈을 만져 보느냐며 열변을 토했다.

"너, 투사라고 들어봤느냐? 보사라고도 부른다던데."

추산이 불쑥 물었다.

"뭔데?"

전장의 무사 편재는 크게 세 집단으로 나뉜다.

특사(特士), 투사(鬪士), 궁사(弓士).

궁사는 화살 부대로 중간에 위치한다. 그들이 하는 일이란 멀리 있는 적을 향해 집중적으로 화살을 쏟아 붓는 것이다. 적의 전열을 흐트러뜨리는 임무다.

아무리 강한 부대일지라도 폭우처럼 화살이 쏟아지면 전열이 흐트러지고 사분오열된다.

이때 방패와 병기를 든 무사들이 투입되는데, 이들을 투사(鬪士)라고 부른다.

그리고 마지막으로 특사가 달려간다.

숫자는 적지만 가장 강하고 날렵하다. 이들의 임무는 지쳐 있는 적의 주요 간부들을 찾아 처단하고 적장의 목을 베며 적기를 탈취하여 전황을 일거에 자기 편 쪽으로 끌고 오는 역할이다.

"그 얘긴 왜 해?"

피광이 눈을 빛냈다.

추산은 다시 입을 열어 말했다.

"용병은 대개가 투사로 투입된다."

가장 위험하다는 의미다.

상대와 근접전, 흔히 박투나 육박전을 벌이기 때문에 가장 위험하고 사상자가 제일 많이 발생한다는 얘기에 피광의 표정이 변했다.

자세한 설명을 듣고 보니 오싹했다.

"자칫 소모품으로……."

"꼭 그렇지는 않지만 가장 위험한 건 분명하지. 어쨌든 투사가 많다는 건 상대를 질리게 하여 이쪽의 사기를 끌어올리는 효과는 크다고 들었어."

"으음!"

피광의 얼굴이 펴졌다 굳어졌다 반복했다.

갈등하는 모습이었다.

한 달에 석 냥.

죽느냐, 사느냐.

가면 투사가 될 확률이 뻔했으며 추산의 말을 빌리면 죽을 확률 또한 확실했다.

죽더라도 일 년쯤 출전한 뒤에 죽는다면 상당한 돈을 가족에게 전달하기 때문에 해볼 만한 일이지만 가자마자 죽어버리면 억울하지 않는가.

"그래도 가겠느냐?"

피광은 조금 전과 달리 대답을 하지 않았다.

부지런히 계산을 굴려보는 중이었다.. 하지만 피광은 선뜻 결정을 내리지 못했다.

추산이 말했다.

"이렇게 해. 금마옥 관계자를 내일 만나."

"만나서?"

"한 달에 석 냥이 아니라 다섯 냥 주면 생각해 보겠다고."

"다, 다섯 냥?"

피광은 놀라움에 숨을 들이켰다.

"긴말하지 말고 무조건 다섯 냥을 주면 용의가 있다고 해. 괜히 시간 오래 끌면서 놈들의 작전에 말려들지 말고."

"마, 만약 다섯 냥을 준다면 너도 갈 거야?"

“당연하지.”

추산이 히죽 웃는다.

마음으로 가장 존경하고 신뢰하는 추산이 가겠다는 것은 너무 기쁜 일이었고, 피광은 이상하게 절대 죽지는 않을 것이라는 생각이 들었다.

“무인은 밥 안 먹고 돈 쓸 곳 없다더냐. 돈이란 넘쳐도 문제지만 없으면 더럽느니라.”

아버지는 돈을 소중하게 여겼다. 주머니에서 인심 난다면서 제아무리 근사해지려고 해도 돈이 없으면 기가 죽는다고 했다.

상처가 완전히 낫지 않았지만 추산은 조심스럽게 북두칠권 수련을 했다. 힘을 넣지 않는, 모양만 그리는, 이른바 형련(形練)이었다. 자세만 만들어보는 일이었다.

‘이런!’

추산은 피식 웃었다.

힘을 빼다 보니 그동안 모르고 넘어갔던 주먹의 각도와 타점이 발견되었다.

“서둘지 마라. 서둘수록 거리는 멀어지느니라.”

하후천의 말뜻을 알아차리지 못했는데 이제 이해할 수 있었다. 서두르면 세세한 부분을 놓치고, 처음에는 차이를 모른다. 그러나 경지가 오를수록 처음 놓친 부분이 발목을 잡아 대성을 가로막는다는 뜻이었다.

그렇게 추산이 천천히 자세를 고쳐가며 수련을 하고 있는데 문이 열리고 피광이 뛰어들어 왔다.

"준대. 다섯 냥."

피광의 입은 귀밑에 걸렸다.

"자세히 말해봐. 다 준다는 거야? 내 말은 우리 말고 신청자 모두를 말하는 거야?"

"아니, 너와 나 둘만. 아무도 몰라. 비밀 지켜야 해."

피광은 검지를 입에 대고 주위까지 살폈다.

그러면서 흐뭇한 표정을 짓는다.

추산의 얼굴이 굳어졌다.

"쯧쯧!"

"왜?"

"너, 제정신이야?"

"왜 그러는데?"

"당장 저잣거리에 소문을 퍼뜨려. 다섯 냥씩 받기로 한 사람도 있다고."

"사, 산아, 그건 안 돼. 우리만 주기로 했는데."

"시끄러. 비밀이 지켜질 것이라고 생각해? 오히려 그것이 약점이 되어 놈들에게 이용당할 수도 있다는 생각은 왜 못해.

우리만 다섯 냥 받고 있다는 것을 폭로하겠다고 협박하면서
무리한 명령을 요구하거나 하면 그때는 어떡할 거냐구?”

피광의 표정이 굳어졌다.

듣고 보니 등골이 서늘해진다.

“소문을 내. 아마 소문을 듣고 나면 하나같이 모집책을 찾아
가 따질 거야.”

추산은 싸늘하게 말했다.

“돈 몇 푼에 인심만 잃는다.”

“아, 알았어.”

피광이 들어올 때와는 달리 풀 죽은 얼굴로 나갔다.

소문도 중요하지만 삶은 신뢰다. 자신이 간다고 하면 상당
한 무리가 따를 것이다. 그들에게 조금이라도 속임수를 쓰거
나 자신만 융숭한 대접을 받는다면 애써 쌓아올린 명예와 의
리를 허물어뜨리는 꼴이 된다.

목숨은 다 귀하다.

더구나 모두 고향 사람들 아닌가. 낙양이라는 한 지붕 아래
살고 있는 가족과 다름없는 사람이고, 특히 모두가 가난하다.
돈 많은 자가 목숨 걸고 전쟁터에 나가겠는가.

　―전쟁도 끝나려나 보군.

　흑도가 밀리는 모양임에는 분명했다. 그렇지 않다면 그토록
막대한 돈을 풀어 인원을 모집할 이유가 없기 때문이다.

나간 지 이각도 지나지 않아 피광이 문을 열고 뛰어들어 왔다.

"저, 정파에서도 사람을 모집한대."

추산의 눈이 커졌다.

피광은 숨을 꿀꺽 한번 삼키더니 말했다.

"한 달에 은자 여섯 냥 준다는데."

누워 있던 추산이 미소를 띤다.

―맞불 작전이군!

백도에서 흑도로 사람들이 몰리는 것을 막기 위한 방해 책동이 분명했다.

"나 좀!"

피광이 추산을 안아 일으켰다.

벽에 등을 기대며 추산은 말했다.

"정파 모집책은 누구냐?"

"구타개 그 거지."

구타개라면 그 뒤에 아망개가 있다.

"야우복이 불러와."

피광은 또다시 화살처럼 뛰쳐나갔다. 그리고 반 각도 지나지 않아 덩치가 곰 같은 사내 한 명을 데리고 들어왔다.

야우복은 추산의 부하 중 한 명이다. 덩치에 어울리지 않게 머리 회전이 무척 빠르다.

"머, 먹고사느라고 찾아와 보지도 못해 미안해."

추산의 다친 몸을 보며 어색한 표정을 지었다.

"너 지금 당장 구타개를 만나."

구타개라는 말에 야우복의 인상이 험악해졌다.

개방과 추산의 부하들은 불과 물이 되었다. 지금은 상대가
안 되지만 언젠가는 자신들의 대장을 밟은 빚을 갚겠다며 복
수의 의지를 불태우고 있었다.

"한 달에 은자 여덟 냥을 달라고 해봐."

"여섯 냥 준다고 했는데."

피광이 눈을 크게 떴다.

추산이 눈을 좁히며 재차 힘주어 말했다.

"여덟 냥 달라고 해."

두 사람 모두 눈을 휘둥그레 뜬다.

"줄까, 그 자식이?"

피광이 침을 삼킨다.

추산이 웃는다.

"주지 않을 거야. 그러나 그 말이 흑도 모집책의 귀에는 들
어가겠지."

팍!

야우복이 무릎을 쳤다.

"흑도에게 가격을 올려달라는 압력이 되는 것 아냐?"

추산이 야우복을 향해 웃는다.

그런데 묘한 웃음이다.

“공짜 돈 없다는 것 알지?”

아망개 성격에 비춰 날 상대로 돈 갖고 장난하느냐고 얻어맞을 수도 있으니 준비를 단단히 하라는 뜻이다.

“걱정 마. 어차피 세상살이 크게 한번 놀려면 모가지쯤은 걸어야 한다고 대장이 말했잖아. 아무튼 이런 걸 두고 꽃놀이패라고 한다던가.”

야우복은 자신만만한 표정으로 돌아갔다.

피광은 입가에 야릇한 웃음을 짓고 있는 추산을 바라보았다.

—달라, 확실히 나 같은 놈과는.

추산을 바라보는 피광의 눈에는 어느새 존경심으로 넘쳐나고 있었다.

두 사람이 이런저런 애길 나누며 야우복이 돌아오길 기다리고 있을 때, 누군가 다급히 마당으로 뛰어드는 소리가 들렸다.

“아우, 추산 아우 있나?”

“교삭 형님 목소리 아냐.”

벌컹!

피광은 잽싸게 방문을 열어젖혔다.

마당에 피투성이가 된 스무 살가량의 흑의사내가 서 있었다.

“형님!”

피광이 놀라며 뛰어나갔다.

"어찌 된 일입니까?"

사내는 피를 물처럼 흘리고 있었다.

추산은 천천히 문 앞으로 다가가 토방 아래 서 있는 흑의사내를 내려다보았다.

마당에 선 교삭이 울먹이며 말했다.

"크, 큰일 났어."

"좀 앉으십시오."

피광이 교삭이란 흑의사내를 부축하여 마루에 앉혔다.

반쯤 잘려 금방이라도 떨어져 버릴 것 같은 교삭의 오른쪽 귀를 보며 추산이 물었다.

"누굽니까?"

"으으, 그 개만도 못한 놈!"

교삭은 한차례 치를 떨더니 입을 열어 말했다.

아망개가 처음 추산을 데려가 다듬질(고문)할 때는 어쩔 수 없었다. 아무리 저잣거리를 지배하고 있지만 정통 문파, 그것도 개방 천 년사 최고의 기재라는 아망개를 건드릴 수는 없다는 것이 육방의 생각이었다.

그러나 두 번째는 절대 그냥 넘어갈 수 없다는 것이 육방의 결심이었고, 오늘 아망개가 다니는 길가에 현황탄을 묻었다. 폭발하면 방원 삼사 장을 쑥대밭으로 만들어 버릴 가공할 폭발력을 갖고 있었다.

아망개는 제대로 걸려들었다.

그런데 놀라운 건 현황탄의 폭발 앞에서도 아망개는 멀쩡했다는 것이다. 의복 몇 군데만 불길에 휩싸였을 뿐 전혀 외상을 입지 않았다는 것이다.

암살 실패는 무자비한 보복으로 돌아왔다.

"그래서요?"

"여, 열일곱이 죽고."

"뭐, 뭐어어어요?"

추산은 소스라쳤다.

추산이 북리의원으로 들어서자 육방의 수하들이 마당 구석에 몰려 있었는데, 온전한 사람은 단 한 명도 없었다. 흰 천으로 팔을 동여맨 사람, 미라처럼 코와 눈만 내놓고 얼굴을 피 묻은 천으로 둘둘 감은 사람, 양팔이 부러져 목에 천을 매달아 받치고 있는 사람, 한쪽 눈을 잃었다고 엉엉 울고 있는 사람.

추산을 발견한 사내들이 절규하듯 말했다.

"도, 동생!"

"와, 왔구나."

지팡이를 짚고 들어선 추산의 얼굴은 돌덩이로 변했다.

추산은 처참한 몰골들을 훑어보며 나직이 물었다.

"육방 형님은요?"

"아직 깨어나지 않고 있어."

유일하게 멀쩡한 두 사내의 안내를 받으며 추산은 육방이 누운 일층으로 올라갔다. 워낙 상세가 위중하여 입원실이 아닌 진료실에 누워 있었다.

"아이고!"

"나 좀 살려줘요."

"아파! 으아악!"

그나마 마당에 있던 사람들은 온전한 편에 속했다. 진료실 안은 아수라장이었다. 죽어가는 사내들이 여기저기 침상에 누워 살려달라고 난리였다.

북리 의원의 양손은 부상자들을 치료하느라 피로 범벅이 되었다.

추산은 육방에게 다가갔다.

다른 환자들과 달리 육방의 겉모습은 멀쩡했다.

비록 수많은 금침이 꽂혀 있긴 하지만 외상은 별로 눈에 띄지 않았다.

─그것이다. 내가중수법!

외문 무공에 의한 타격은 대부분 겉에 상처를 남긴다. 하지만 강하게 응축된 내력이 실린 타격은 겉은 멀쩡해도 안을 완전히 부숴 버린다고 언젠가 맹패광은 말했다.

물론 그런 경지는 초절정의 고수나 시전할 수 있다고 했다.

"처음에는 겉이 하도 멀쩡하기에 금방 의식을 깨울 수 있다고 자신했는데 진찰 결과 안이 완전히 박살 나버렸더구나."

북리 의원의 음성이 떨리고 있었다.

“살려주십시오. 살려야 합니다.”

북리 의원은 쉽게 대답하지 않았다.

추산은 부상자들에게 다가갔다.

모두 알아보지 못했다.

그만큼 상처가 깊었고, 의식이 떨어지고 있었다. 사망자는 더욱 늘어날 것으로 보였다.

모두 복면을 하고 덮쳤다고 한다. 아망개는 절정고수이다. 그런 그가 상대가 아무리 복면을 했다고 해도 이쪽을 모를 리 없다. 엉성한 손짓발짓, 다시 말해 정통 무사인지 아닌지 한눈에 구별해 내는 안목의 소유자이다. 자신의 복수를 위해 나선 저잣거리 패거리라는 것을 알고서도 무참하게 살육을 한 것이다.

딱!

딱!

지팡이가 어둠을 울렸다.

추산은 의원을 나와 텅 빈 골목을 기우뚱거리며 걸었다.

자신이 할 수 있는 일이라고는 아무것도 없었다. 집으로 들어선 추산은 자리에 누웠다. 그러나 아침이 올 때까지 뜬눈으로 밤을 새우고 말았다.

*　　*　　*

한편 추산이 북리 의원을 찾은 그 시각 아망개 또한 시뻘겋

게 충혈된 눈으로 허공을 노려보고 있었다. 금방이라도 누군
가의 목을 물어뜯을 것 같은 야수 같은 인상.

"어떡할까요?"

구타개는 아망개의 비위를 거스를까 봐 조심스럽게 물었다.

"야우복이란 자는 뭐하는 놈이오?"

직책은 아망개가 높지만 나이는 구타개가 훨씬 위에 있었기
에 일단 존대를 했다.

"가맛(나무로 된 바가지)을 만드는 놈입니다."

"끌고 올까요?"

"여덟 냥이라……. 우핫핫핫!"

돌연 아망개가 고개를 쳐들고 웃음을 터뜨렸다. 분노 가득
한 웃음소리에 구타개는 숨을 죽였다.

―놈!

아망개의 주먹이 쥐어졌다.

누군가 정파와 흑도 사이를 오가며 몸값을 부채질하고 있었
다. 저잣거리 귀퉁이에서 바가지 따위를 만드는 놈이 감히 개
방분타를 찾아와 그런 요구를 한다는 것은 불가능하다.

은자 여섯 냥을 준다고 했던 것은 금마옥의 모집을 방해하
려는 목적이었다.

지금 전황은 백도 쪽으로 아주 유리하게 흘러가고 있었다.

그런데 이때 흑도가 용병을 모집하여 힘을 얻으면 싸움은

다시 지루하게 이어질 것이다.

전쟁이든 돈벌이든 기회가 왔을 때 끝내야 한다. 무림맹 상층부에서는 지금이야말로 길고도 긴 삼십 년 전쟁을 막 내릴 마지막 기회라고 판단하고 혼신의 힘을 쏟을 것을 격려하고 있었다.

사실 그동안 정사 모두 용병들을 모집하고 있었다. 천하에는 돈만 주면 전쟁 아니라 지옥 속으로 뛰어들 하루살이는 부지기수였다.

하지만 삼십 년이란 긴 세월은 용병다운 용병들을 바닥나게 만들었다. 무공 좀 안다는 이들은 거의 끌어다 쓴 것이다. 하나 전쟁은 여전히 끝나지 않았고, 시간이 흐를수록 이겨야 한다는 필승의 과욕에 얽매이다 보니 정사 할 것 없이 무공과는 상관없는 일반인들까지 끌어 모으기에 이르렀다.

지금까지는 세인의 시선을 의심해 암암리에 이뤄졌다.

그러나 서로가 다급해지자 이젠 노골적으로 나오고 있었다.

그것도 용병의 능력을 지니지 못한 사람들까지 마구잡이로 쓸어 모은다.

흑도에서 따지지도 않고 묻지도 않고 긁어모은다고 하여 정파까지 같은 방법으로 맞서서는 안 된다.

정(正)이 무엇이고 사(邪)가 어떤 뜻인가.

아무리 오랜 전쟁으로 의(義)와 협(俠)은 사라졌고 정사 모두 짐승으로 변해가고 있지만, 그래도 정파는 달라야 한다는 무림맹주인 소림 공후 선사의 강력한 의지.

그는 이기는 것도 중요하지만 과정도 중요하다며 역설했다.
그러나 아망개는 코웃음을 쳤다.

―샌님 같은 소리.

수뇌부들, 특히 불(佛)을 닦네 도(道)를 닦네 하는 인간들의
생각은 한심했다.
세상은 저절로 얻어지고 평화는 하루아침에 만들어지는 것
이 아니었다. 그들은 그냥 양보하고 쓰다듬어 주고 내가 조금
손해 보면 모든 것이 즐거워지는 태평천국이 되는 줄 알고 있
었다.
그러면 그럴수록 기어오르고 악을 형성하고 정을 짓밟는 흑
도들이 기승을 부리고 세를 키우며, 종국에는 그들에게 지배
당한다는 사실을 모르는 순진한 인간들이었다.

―전쟁에 무슨 얼어 죽을 정(正)이 있고 협(俠)이 있단 말인
가.

상대는 공존공영이 불가능한 적이다.
흑도에게 짓밟히면 누가 책임질 것인가.
길은 하나뿐이었다.
정파도 흑도와 같이 맞불을 놓는 것만이 최선책이었다. 한
번 밀리면 계속 밀린다.

무림맹 고위층에서는 정도(正道)를 가야 한다고 했지만 아망개의 눈에는 개 같은 소리였다, 특히 작금의 상황에서는.

열흘 전 아망개는 지나치게 협과 의에 얽매이다간 다 된 밥에 재를 뿌릴 수도 있다는 의견을 강력하게 올렸다.

한 번만 눈 딱 감자고 했다. 수뇌부에서도 의견들이 엇갈리는지 선뜻 답장이 오지 않더니 어젯밤 늦게야 날아왔는데 그 내용이 이러했다.

그대의 뜻을 모르지는 않으나 자금도 없을 뿐 아니라 일인당 여섯 냥 이상은 결코 수락할 수 없으며, 가장 중요한 것은 연령이노라. 어떤 일이 있어도 이십 세에서부터 사십 세를 지키도록 하라. 아무리 본인이 원한다고 해도 이 연령층을 넘긴 자는 절대 받아들이지 말라.

아망개는 버럭 욕설을 내뱉으며 서찰을 집어 던져 버렸다.

답답한 노릇이었다. 조그만 힘만 보태져도 전력의 우세로 연결될 가장 중요한 시기이다.

더구나 전쟁 막판이어서 생존율이 낮을 것이 뻔한데 누가 한 달에 은자 여섯 냥을 받고 나가겠는가, 그것도 인생의 황금기인 이십대에서 사십대의 인간들이.

그러데 우려했던 현실이 닥치고 말았다. 사람들이 여덟 냥을 요구해 온 것이다.

벌컹!

그때 문이 열리고 거지 한 명이 외치듯 보고했다.

"흑도에서는 다시 열 냥을 지급하기로 했다 하옵니다."

"저, 정말이냐?"

"틀림없는 사실이옵니다."

힘은 물론이고 돈에서도 밀려서는 안 된다.

물론 돈이 곧 힘이지만.

아망개의 눈이 무섭게 타올랐다.

흑도의 모집을 방해하려면 최소한 열한 냥이 아니고서는 안 된다.

"여덟 냥을 요구한 놈이 누구라고?"

"야우복입니다."

"데려와."

"옛?"

거지가 달려나갔다.

야우복은 태어나 이토록 두들겨 맞아보긴 처음이었다. 추산이 고생 좀 해야 할 것이라고 말했을 때 각오를 했지만 예상보다 더욱 무자비했다. 하나 야우복은 당당했다. 누가 꾸민 것도 아니고 배후는 없다고 했다. 그러면서 하는 말.

"어차피 전쟁터에 나가면 살아 돌아올 가능성이라고는 없는데 한 푼이라도 더 받고 싶은 것을 탓할 수가 있소이까. 우린 흑도든 백도든 관심없소이다. 오로지 돈 많이 주는 쪽이 내 편일 뿐이오. 왜, 내 생각이 잘못된 것이오?"

무차별 구타를 당하면서도 당당히 말하는 야우복.

전혀 틀린 말이 아니었다.

회의가 열렸다. 아망개를 비롯해 구타개를 위시한 낙양분타의 간부들이었다. 누구도 입을 열지 않았고, 모두가 아망개의 눈치만 살폈다. 좋은 방법 있으면 눈치 볼 것 없이 개진하라고 했지만 모두가 묵묵부답이었다.

아망개는 조용히 눈을 감았다.

무림맹에서 내려온 여섯 냥 말고는 쥐어짜도 돈은 없다. 그렇다고 금마옥에서 모조리 사람들을 긁어 가는데 보고만 있을 수도 없다. 더욱 막아야 하는 이유는 금마옥이 개방과 전선을 형성하고 있다는 것이었다.

서로의 목에 칼을 겨누고 있다.

—팟!

아망개의 눈에서 섬광이 피어났다.

방법이 있었다. 어쩌면 금마옥보다 더 나은 미끼로 내걸 수 있을지도 몰랐다.

아망개는 자리에서 일어나 번개처럼 밖으로 나갔다.

황씨의 이가 강하게 물렸다. 죽어도 이대로 무너질 수는 없었다. 어느새 중상들도 절반 가까이 떨어져 나갔고, 단골들도 하루에 십여 곳씩 거래 단절을 통보해 왔다.

어떻게 남편이 일궈온 상가인가.

하지만 무너지지 않겠다는 의지만 강할 뿐 뚜렷한 대책이 없었다.

뭔가 새로운 돌파구가 마련되지 않는 한 문을 닫아야 할 절체절명의 위기에 구원자가 나타났다.

─무림인과는 거래하지 마라.

남편 상관옥은 아무리 어려워도 무림인을 끌어들이지 않았다. 단순한 호위무사 이외에는 강호 집단과는 철저히 거리를 두었다. 하지만 황씨에게 선택의 여지란 없었다.

"안 됩니다."

고차룡은 필사적으로 가로막았다.

강호에 발을 담그는 순간 언제 피바람이 불어 닥칠지 모른다. 역사를 훑어봐도 강호와 교류했다가 하루아침에 멸문지화를 당한 대상가가 어디 한두 곳이던가.

그러나 주인은 황씨이고 자신은 그 아래서 녹봉을 받는 입장이다. 황씨는 어느새 상상을 초월하는 액수의 전표를 끊어 아망개에게 건네고 있었다.

─끝났다!

고차룡은 길게 한숨을 쉬었다.

　방을 나온 고차룡은 자신의 거처로 돌아왔다. 무려 십 년 동안 묵은 방이다. 잠시 방 안을 휘둘러보던 고차룡은 벽에 걸린 흑의를 비롯해 간단한 봇짐을 꾸리기 시작했다.

　짐이라고 해봤자 의복 몇 벌과 십 년 동안 사용하던 낡은 주산(珠算)이 전부였다. 봇짐을 등에 진 고차룡은 다시 한 번 자신이 묵던 방을 돌아보고 조용히 후문을 통해 상관세가를 빠져나왔다.

　다음날 낙양 곳곳의 담벼락에 커다란 벽보가 붙었다.

　우린 열두 냥을 지급하겠다. 생각이 있는 사람들은 개방분타로 오라.

　수많은 사람들이 벽보 앞에 몰려들었다.

　그야말로 인산인해였다.

　아망개는 분타주 구타개와 술을 마시고 있었다. 그다지 술을 좋아하지는 않는데 오늘따라 술이 당겼다. 일 년 가다 왕왕 한두 잔 하고 싶을 때가 있는데 오늘이 그런 날이었다. 자신이 찾아가자 황씨는 군소리없이 거액을 선뜻 빌려줬고, 지금 엄청난 사람들이 이곳 낙양분타를 향해 몰려들고 있을 것이다.

　"황금 일만 냥을 선뜻 빌려주다니 과연 장로님의 수완은 누구도 따르지 못할 것이옵니다."

　구타개는 연신 아첨의 미소를 지었다.

아망개 입가로 걸린 알 듯 모를 듯한 야릇한 미소.

아망개의 머릿속에는 몇 가지 생각으로 가득 차 있었다. 그 중 가장 중요한 것은 전쟁이 끝났을 때다. 전쟁이 끝나면 반드시 뒤따르는 것이 한 가지 있었다. 논공행상(論功行賞)이었다. 그 논공행상에 따라 무림맹의 판도가 달라진다.

개방은 현재 금마옥과 전선을 형성하고 있는데 가장 앞서 나와 있었다. 그건 개방이 구파일방 중 가장 크게 싸우고 있으며 용맹을 떨치고 있다는 뜻이다. 그런데 이번 금마옥의 용병 모집을 가로막으면 금마옥을 더욱 몰아붙일 수 있으며, 어쩌면 구파일방 최초로 적장 금마옥주의 목을 벨지도 모른다.

종전이 되면 가장 먼저 적장의 목을 벤 승문(勝門)을 한 문파의 영향력은 절대적이었다.

승문한 문파는 절대적인 논공행상의 칼자루를 쥔다. 개방의 발언권을 누구도 막지 못하고 막을 수도 없다.

쭈욱!

흡족한 얼굴로 다시 한 잔을 비우는데 구타개가 묻는다.

"정말로 돈을 줄 것입니까?"

누구보다도 아망개를 가까이에서 지켜보았다. 얼마나 많은 인원이 몰려드느냐에 따라 액수는 달라지겠지만 최소한 황금 일만 냥은 나갈 것이라는 구타개의 생각이었다. 더구나 개방이나 무림맹 이름으로 빌린 것이 아니라 순전히 아망개 개인적인 채무다.

"줘야지."

야망개는 웃었다.

그러나 왠지 숨이 턱 막힐 만큼 섬뜩했다.

아망개가 입술 가득 미소를 머금은 채 술잔을 들어 올렸다.

출전전무(出戰前武)라고 아는가. 전쟁터에 내보내기 전 몇 달 동안 기본적인 무공을 가리키는 것을 말한다. 출전전무를 내세워 은밀하고 조용한 곳으로 데리고 갈 것이다. 그리고 조용히 묻어버릴 것이다. 물론 어떤 흔적도 남지 않는다. 지불한 돈 또한 완전하게 회수된다.

쭉!

어느새 석 잔째.

주량이 적은 그가 불과 이각도 되지 않아 석 잔을 비웠다는 것은 처음 있는 일이었다. 그만큼 기분이 좋다는 뜻이었다.

쾰쾰쾰!

구타개 또한 비위를 맞추느라 잽싸게 빈잔에 술을 부었다.

"장로님!"

바로 그때 문밖으로부터 다급한 목소리가 들려왔다.

두 사람의 고개가 입구로 돌아갔다.

"잠시 밖으로 좀 나와보시지요."

구타개가 물었다.

"무슨 일인데 그러느냐?"

"그, 글쎄……."

더듬거리는 부하의 목소리에 아망개는 잔을 비우고 거적을 밀고 나갔다.

처소 밖에는 적지 않은 개방의 제자들이 서 있었는데 무척 당황해하는 표정이었다.

"무슨?"

아망개는 말을 하다 입을 닫았다.

지금쯤 많은 사람들이 몰려와 있어야 했다. 그런데 사람들로 넘쳐 나야 할 갈대밭과 강둑은 횡했다. 사람이라고는 허리가 휘어진 세 명의 늙은 노인만이 전부였다.

"어, 어떻게 된 일이냐?"

부하 한 명이 기어들어 가는 목소리로 대답했다.

"소, 속하들도 잘 모르겠사옵니다."

아무리 고개를 돌리고 넓은 강가를 휘둘러봐도 보이는 것이라고는 세 노인뿐이었다.

"붙였느냐?"

"물론이옵니다. 장로님께서 불러준 내용 그대로 한 달에 은자 열두 냥을 지불하겠다는 내용을 힘차게 써서 낙양 거리 곳곳에 떡칠을 했사옵니다."

혹시나 하며 기다려 보았다.

그러나 해가 떨어지는데도 사람들은 오지 않았다. 수하들을 다시 저잣거리로 내 보냈고, 독려를 하고 부추기라고까지 명령했지만 사람 한 명 데려온 수하가 없다.

─크게 잘못되고 있다.

누군가 자신의 의중을 꿰뚫고 있음이 분명했다.

누굴까?

어느 놈이 모조리 죽여 버리겠다는 자신의 의중을 간파했단 말인가.

사람들이 몰려들지 않는다는 건 자신의 속셈을 읽고 은밀히 퍼뜨렸다는 것밖에 달리 해석할 길이 없었다.

갑자기 등골이 서늘해지고 식은땀까지 흐른다.

그날 밤 화왕루 후원문으로 두 명이 들어섰다. 이미 영업이 끝난 뒤였기 때문에 손님도 끊겼고 사방이 짙은 어둠에 잠겨 있었다.

두 사내가 후원으로 들어서자 어둠 속에서 한 명의 사내가 불쑥 나타나 앞을 막았다.

"금마."

피광이 대답했다.

"만세!"

"따라오시오."

사내는 불이 꺼진 별채로 두 사람을 데리고 들어갔다.

방 안에는 불이 켜져 있었다. 단지 밖으로 빛이 흘러나가지 못하도록 천으로 창문을 가려놓았고, 조촐한 상이 놓여 있는데 김이 피어나는 것이 술이 아니라 찻물이었다.

들어서던 추산의 안색이 변했다.

자신이 술을 하지 못한다는 것을 알고서 취한 배려이다.

오십가량의 흑의중년인.

극히 평범한 얼굴이었다. 사람들 속에 들어가 버리면 죽어도 찾아낼 수 없는 얼굴, 헤어지면 두 번 다시 기억에 잡히지 않는 얼굴.

"오관무평(五官無平)이라고 한다. 못생겼다거나 불쾌하다거나 하는 어떤 감정을 불러일으키는 얼굴이 아니다. 하나하나 뜯어놓고 보면 잘생겼는데 한 번에 보면 너무 특징이 없다."

아버지의 말에 의하면 오관무평은 타고난 것이 아니라 가꾼다고 했다. 오랫동안 오관무평을 만들기 위해 특별한 기예를 이용해 얼굴의 틀을 바꾼다.

이유는 누구에게도 주목받지 않으려는 목적 때문이다. 강호인이 상대로부터 주목을 받지 않는다는 것은 아주 유리하다. 평범한 얼굴은 일단 악의나 적대적인 감정을 상대로 하여금 쉽게 갖지 않도록 만든다.

평범하기에 더욱 무서운 얼굴 오관무평의 사내.

"저희 형님입니다."

피광이 입을 열어 말했다.

흑의중년인의 두 눈이 추신을 대충 살폈다.

눈 깊숙한 곳에 작은 광채가 불꽃처럼 연이어 폭발한다.

"얘기 많이 들었소이다. 소형제의 신망이 워낙 두텁더구려."

자식뻘밖에 되지 않는데도 깍듯한 존칭이다.

아마 자신에 대해 대략의 조사가 완료됐을 것이다.

"드시면서 말씀 나누세요."

피광과 호위무사가 자리를 비켜 밖으로 나갔다.

방 안에는 둘뿐이다.

"그래, 날 만나자고 전갈을 보낸 이유가 무엇이오?"

사실 닷새 전 추산은 한 사람당 은자 열 냥씩 받기로 금마옥과 계약을 끝냈다. 추산에게 전권을 일임하겠다고 나선 사람들의 숫자는 대략 오백여 명.

처음에는 무척 당황했다.

자신에 대한 신뢰가 적지 않다는 것은 알고 있었지만 무려 오백여 명이란 사람이 다른 것도 아닌 돈거래를 일임한다는 것은 놀라운 충격이었다.

처음에는 각자 하라고 거절했지만 간신히 깨어난 육방까지 나서서 오백여 명의 대리인 역할을 하라고 말해 어쩔 수 없이 수락했다. 오백여 명에게 지불될 은자 오천 냥은 이미 추산에게로 들어와 있었다.

그런데 초저녁 갑자기 무슨 생각이 들었는지 추산이 피광을 시켜 만남을 주선하라고 했다.

"장소를 바꾸면 좋겠습니다."

멈칫!

중년인의 눈이 빛을 뿌렸다.

"장소를 바꾸자니 무슨 얘기요?"

원래 사흘 후 인시에 동북쪽 십 리 밖에 있는 관제묘에서 모여 이동하기로 했다.

"날짜를 하루만 당기는 것이 어떻겠습니까? 이틀 후로 말입니다. 장소 또한 관제묘가 아니라 개봉에 있는 상국사로 했으면 합니다."

흑의중년인의 눈이 가늘어졌다.

추산은 차를 한 모금 마시고 말을 이었다.

"난 아망개를 잘 알고 있습니다."

"사흘 후 우리가 관제묘에서 만나리라는 사실을 그도 알 것이란 얘기요?"

"입단속을 시켰지만 비밀이란 없습니다. 더구나 수많은 사람들이 자청하여 나선 길이니 아무나 한 명 붙잡고 족치면 집결지쯤 알아내는 건 식은 죽 먹기이지요."

더구나 개방이 내건 파격적인 조건에도 찾아간 사람이 없었으니 아망개의 성격에 피바람을 몰고 올 것은 자명했다. 즉, 금마옥에서 모집한 사람들이 어디에서 집결하는지 기어이 알아내어 공격할 것이다.

"금마옥에서도 만약을 대비하겠지만."

이쪽에서도 사태를 대비하겠지만 아망개의 상대는 되지 않을 것이라는 말인데 자존심을 생각해 끊는다.

흑의중년인은 한동안 말이 없었다.

그것은 추산이 뱉은 말을 시인하는 것이었다.

전쟁 중이니 얼마나 명분도 좋은가. 비록 모집된 용병들은 말이 용병이지 일반인들이다. 하나 사파에 동조한 무리이므로 도륙한 것이라고 하면 누구도 아망개에게 돌을 던지지 않을 것이다.

중년인의 눈이 가늘어졌다.

자신은 전혀 예상하지 못한 일들이다.

그날 밤 어둠을 바삐 뛰어다니는 사내들이 있었다. 추산의 부하들로 바뀐 시간과 장소를 전달해주기 위해 동이 터올 때까지 그들은 꼬박 밤을 새우며 달리고 또 달렸다.

이틀 후 상국사에 모인 인원은 오백여 명이 조금 넘었다.

낙양 저잣거리에서 장사를 하는 사람은 물론 근처 이삼십 리 일대에서 농사를 짓는 사람들까지 몰려들었다. 그들은 추산으로부터 은자 열 냥씩을 받아 챙겨 무예를 수련할 곳을 향해 오십 명씩 흩어져 떠났다.

다음날 인시, 아직 새벽도 오지 않는 캄캄한 밤에 일단의 무리가 움직이고 있었다.

그들은 손에 타구봉을 들었고, 두 눈에서는 새파란 살기가 쉴 사이 없이 뿜어 나오고 있었다.

그들은 멀리서 관제묘를 삼중으로 에워쌌다.

삐익!

어디선가 휘파람 소리가 들려왔고, 관제묘를 노려보고 있던 사내들은 일제히 몸을 날렸다.

우당탕!

“모조리 죽여라!”

사나운 기세로 관제묘로 뛰어든 거지들 눈이 휘둥그레졌다.

넓은 관제묘에는 개미새끼 한 마리 없었다. 박쥐 몇 마리만
이 인기척에 놀라 날갯짓을 할 뿐이었다.

‘이럴 수가!’

구타개의 눈이 커졌다.

잠시 후 들어선 아망개의 얼굴 역시 납덩이가 되고 말았다.

쫘앙!

그의 발길질에 낡은 제단이 통째로 무너지고 말았다.

관제묘가 내려다보이는 근처 노송 가지에 두 명의 사내가
서 있었다. 추산과 이번 금마옥 모집 총책인 호법 혁련모였다.
추산의 말을 듣긴 했지만 설마했는데 사실로 드러나자 상당히
충격을 받은 얼굴이었다.

흘긋!

혁련모의 고개가 돌아갔다.

나뭇가지와 함께 흔들리고 있는 추산.

이런 일이 있어서인가. 열세 살이라는 나이답지 않게 전신
으로 노련함이 짙게 풍긴다.

두 사람은 조용히 나무를 내려와 사라졌다.

모피암이라는 조그만 암자, 처마 끝에 매달린 풍경이 바람
에 딸랑거린다.

“이제 가나?”

육방이 아랫목에 누워 물었다.

“예, 형님!”

아망개는 추산이 배후라는 것을 금방 알아차릴 것이다. 또한 흥분한 그가 추산은 물론 연관된 자들 모두 절대 가만둘 리 없다는 것이 추산의 판단이었다.

그래서 육방은 지금 부하들과 같이 암자로 피해 있었다.

“나도 따라가고 싶군.”

며칠 사이에 비쩍 말랐다.

육방은 추산의 손을 쥐었다.

“동생, 미안하네.”

여러 가지가 함축된 말이었다.

추산이 맹패광의 뜻을 받아들였다면 지금 저잣거리는 달라졌을 것이다. 최소한 추산이라면 자신처럼 허술하게 아망개를 공격하지는 않았을 것이라는 부하들의 수군거림을 듣고 상당한 충격을 받았다.

그리고 한 가지 뼈저리게 느낀 것이 있었다, 조직의 수뇌는 힘이 아니라 머리라는 것을.

그리고 또 한 가지 느낀 것이 있으니 사람에게는 그릇이 있다는 것이었다.

“별말씀을 다 하십니다. 어서 쾌차하셔서서 움직여야죠. 아망개도 곧 이곳을 떠날 것입니다.”

“아우가 그것을 어찌 아는가?”

추산은 빙긋 웃었다.

"금마옥의 용병 모집을 막지 못했으니 책임 추궁이 뒤따를 것이고, 그러자면 그 또한 전선으로 날 찾아올 것입니다."

육방의 눈이 커졌다.

"아우를 잡으러 간다는 얘기 아닌가. 이런."

"염려 마십시오."

육방의 놀라움에 비해 추산은 가볍게 웃어넘겼다.

"아우."

"네, 형님!"

"건강하게… 꼭 돌아와야 해."

"저, 안 죽습니다."

추산은 환히 웃었다.

바로 그 시간 추산의 집으로 구타개가 수하들을 이끌고 들이닥쳤다.

온 집 안을 뒤지고 뒷간까지 샅샅이 조사했지만 추산은 보이지 않았다.

맨 뒤에 들어선 아망개의 얼굴이 돌덩이처럼 굳어졌다.

모두가 빈손으로 몰려들었다.

"후핫핫핫!"

돌연 아망개는 고개를 쳐들고 앙천광소를 터뜨렸다.

웃음을 멈춘 아망개의 두 눈이 횃불처럼 이글거렸다.

"나 아망개가 코흘리개 어린놈에게 이토록 능멸을 당하다니!"

아망개는 폭포 같은 살기를 쏟아냈다. 추산뿐만이 아니라 육방과 패거리들조차 흔적도 없이 사라졌다.
능욕을 당한들 이보다 더 비참할까.

—간다, 놈을 잡으러.

아망개는 다시 한 번 웃더니 몸을 돌렸다.
그는 한 손에 타구봉을 거머쥔 채 낙양을 벗어났다.

第三章
태산(泰山)과 장강(長江)의 만남

검명도살

  금마옥은 흑도를 대표하는 다섯 곳의 명문, 이른바 흑도오문 중 한곳이었다. 흑도오문은 구파일방과 같은 흑도의 구심점 역할을 하는데, 금마옥은 소림의 위치, 흑도의 태산북두에 해당되었다.

  정파의 연합체가 무림맹이듯 흑도오문이 주축이 되어 결성된 연합문이 있었다.

  흑천(黑天)!

  흑도의 결집력은 정도와 적지 않은 차이점을 갖고 있었다. 가장 큰 것은 천주의 명령이라면 결코 왜라고 묻지 않는다는 것.

  천주가 죽으라고 한마디 명령을 내리면 그 자리에서 목숨을 끊는다.

　병력과 무기, 무공 모든 것이 열세인데도 정파를 상대로 삼십 년을 끌어올 수 있었던 것도 흑도의 이런 정신 때문이었다.

　추산 일행이 낙양을 떠난 지 열흘 만에 도착한 곳은 섬서의 농관이었다. 농관은 섬서성 농주 서쪽에 있는 관으로 대진관이라고도 부르는데 서방과 통하는 요충지 중 하나이다.

　산악 지역이기에 그다지 중요성을 인식하지 못할 수도 있지만 중원에서 서방으로 나가는 길 중 가장 잘 닦여 있고, 돈황과 직선으로 뚫려 있는 물류의 중심지였다.

　물류의 중심지는 보급고(補給庫)의 의미로 봐도 무리가 아닌 까닭에 정사 누구도 빼앗길 수 없는 심장부.

　그런 지리적 중요성을 반증이라도 하듯 흑도에서는 금마옥을 진주시켰고, 정파에서는 가장 많은 제자를 거느리고 있는 개방을 이곳에 투입했다.

　하나 시간이 흐를수록 개방의 지략과 수적 열세로 금마옥의 철벽에 조금씩 금이 생기고 있었다. 삼십 년 전쟁의 승패는 이곳 농관에서 결정될 것이라는 소문이 돌면서 금마옥주(禁魔獄主) 탈백권(奪魄拳) 모찰(毛刹)의 이마는 갈수록 주름이 늘어났다.

　상대의 넋을 부순다고 할 만큼 살인적인 주먹을 지닌 모찰이지만 도도히 밀려오는 개방의 공세에 점점 한계를 느끼고 있었다.

　모찰은 대본영 앞으로 몰려들고 있는 사람들을 바라보며 급
기야는 한숨을 터뜨리고 말았다.

　강호 곳곳에서 모집해 온 용병들이다. 그런데 용병 대부분
이 어리거나 늙거나 했다.

　아무리 용병이 바닥이고 전쟁이 막바지로 치닫고 있다지만
저토록 어린 아이와 늙은 노인들을 데리고 과연 무엇을 할 것
인가. 심한 무력감이 온몸을 뒤덮었다.

　"모두 몇인가?"

　"사백아흔다섯입니다. 처음에는 오백다섯이었는데 오는 도
중 사고로 열 명이 죽고 말았습니다."

　싸워보지도 못하고 오다 죽었다는 말에 급기야 모찰은 고개
를 돌려 버렸다.

　눈이 마주친 호법 혁련모 또한 부끄럽다는 듯 고개를 숙여
버렸다.

　"다만."

　고개를 떨어뜨린 혁련모가 눈을 빛냈다.

　"쓸 만한 아이 하나를 데려왔습니다."

　금마옥주 모찰은 아무런 반응을 보이지 않았다.

　"이제 한 달만 있으면 열네 살이지만 보통 아이가 아닙니
다."

　그러면서 추산이 없었다면 아망개의 방해에 용병 모집은 불
가능했을 것이라고 했다.

　데려온 용병들(?)의 면면에 영 마뜩찮은 얼굴을 하고 있던

모찰이 고개를 돌린다.

아망개에 대해서는 자신도 알고 있었다.

그런 아망개를 따돌렸다면 예사 소년이 아니다. 혁련모 또한 허튼소릴 하는 수하는 더욱 아니었기에 곧바로 추산을 데려오라고 명령했다.

잠시 후 혁련모가 추산을 데리고 들어섰다.

"앉거라!"

엉거주춤하며 서 있는 추산에게 혁련모가 말했다.

추산은 조심스럽게 혁련모 맞은편 의자에 앉았다. 위관(衛官)이 미리 준비를 하고 기다린 듯 차를 내어왔다. 잔은 소가죽[牛皮]에 옻칠[漆液]을 한 소가죽으로 만든 잔[牛盃]이다.

"들거라!"

혁련모가 먼저 잔을 든다.

추산도 잔을 들었다. 전쟁터여서인가 비록 때가 찌든 보잘것없는 잔이었지만 차 맛은 어디서 마신 것보다 훌륭했다. 모찰은 다시 한 번 확인하듯 혁련모가 했던 말을 물었다.

추산은 피식 웃고 말았다.

"왜 웃느냐?"

모찰이 물었다.

추산은 대답했다.

"어떻게 하다 보니 그렇게 되었을 뿐입니다."

모찰의 눈이 찌푸려졌다.

한 달만 있으면 열네 살이라고 했다.

열네 살이라고 해서 세상의 모든 소년이 같은 생각, 같은 정신연령을 지니지는 않는다. 그러나 한 가지는 공통적이라고 해도 좋았다. 겸손과는 거리를 둔다는 것이다. 칭찬을 하면 좋아하고 자신이 한 일에 우쭐해한다는 것이다.

"무예를 아느냐?"

"열심히 배워야지요."

모른다는 대답이다.

그러나 혁련모가 전해준 얘기는 조금 달랐다.

차오를 비롯해 신숭과 몇몇 저잣거리 거물들을 조용히 은퇴시킨 것은 단순한 배짱만으로는 어렵다. 추산은 그들을 두 번 다시 그 바닥에 얼씬거릴 수 없도록 만들어 버렸다고 했다.

신체의 어느 부분을 훼손해야 상대가 위험한 적이 되어 자신에게 다가올 수 없는지 안다는 것은 최소한 기초적인 상해법쯤은 알고 있다는 뜻이다.

"나가보거라."

추산은 가볍게 목례를 하고 걸어나갔다.

혁련모는 만나본 소감이 어떠냐는 듯 모찰을 바라보았다. 그러나 모찰은 아무런 말도 하지 않고 차만 마실 뿐이었다.

수십 개의 천막이 곳곳에 세워져 있었다. 이곳은 최전선이 아니라 금마옥의 본영이다. 외부에서 용병들이 들어오면 가급적 빠른 시일 내에 기본적인 무공을 가르쳐 전선으로 보낸다. 천막 한 개에 이십 명씩 수용되었고, 곧바로 무공 수련이 시작되었다.

금마옥의 절기는 사악칠권(死鍔七拳)이었다.

절정에 이르면 마치 주먹이라기보다는 한 자루 칼이 뻗어나가는 것 같은데 일곱 개의 식(式)으로 이뤄졌다.

정파와 달리 흑도의 무공은 외형을 중시한다.

외형이란 파괴력과 성장 속도에 치중한다는 의미이다. 그러나 유일하게 금마옥의 무공은 조금 달랐다. 외형보다는 내실, 즉 치밀하고 섬세하며 차분하다.

조금이라도 허술하게 익히거나 형(形)을 벗어나면 완성도가 떨어져 대성을 이룰 수가 없었다. 그런 이유로 속성을 중시하는 대세에 밀려 금마옥은 다른 흑도사문에 비해 찾아오는 발길이 많지 않았다. 하지만 제자들의 숫자가 적은데도 불구하고 흑도오문의 수문(首門) 위치를 굳건히 한다는 것은 그만큼 파괴적이라고 봐야 했다.

'어랏!'

추산 일행을 가르치는 무교는 우문도영이란 사내였다. 오척의 단구였지만 떡 벌어진 어깨와 특히 무인에게 생명인 단단한 하체는 아름드리 통나무를 보는 듯 했다. 하체가 좋아야 강한 주먹이 나온다는 건 무인이 아니더라도 어느 정도 주먹질을 해본 사람은 모두 아는 사실.

그런데 우문도영의 주먹질을 따라 배우던 추산의 눈이 가늘게 좁혀졌다.

사악칠권의 각도와 회전술(回轉術)이 자신이 아는 북두왕의
주먹을 닮아 있었기 때문이다.

주먹의 파괴력을 나타내는 최고의 척도는 각도와 회전술이
었다.

각도는 상대의 위치에 따라 달라진다.

주먹이 나갈 때 각도를 잡는 것을 시각(始角)이라 부르고, 중
간에 상대가 움직이므로 변화를 주어야 할 때를 중각(中角)이
라 하며, 마지막에 각을 조정하는 것을 타각(打角)이라고 부른
다.

각도는 상대의 움직임에 따라 그때그때 변한다. 그러나 익
숙해지지 않은 상태에서 상대가 움직임이 있다고 하여 찰나적
으로 각도를 변화시켰다가는 뼈나 근육에 강한 무리를 줄 뿐
아니라 내기 흐름에도 큰 위험을 안긴다.

그래서 달마는 권법을 인간이 창시한 무예 중 가장 어렵고
도 위험한 것이라고 했다.

회전은 타격 순간 일어난다.

권의 대가들 주먹을 보면 그냥 밋밋하게 뻗어나가 상대를
가격하는 듯 보이지만 절대 그렇지 않다. 지켜보는 사람의 육
안이 따르지 못해서 그렇지 상상을 초월하는 속도로 회전한
다.

타격 순간 엄청난 회전력에 의해 상대의 몸은 갈기갈기 찢
어지거나 내가중수법권일 경우 몸속은 그야말로 난장판이 되
고 만다.

그런데 사악칠권이 북두칠권과 각도와 회전 등에서 너무 흡사했기에 긴장했다.

우문도영의 표정이 처절하게 우그러졌다. 하루라도 빨리 가르쳐 전선으로 내보내려는 마음이 앞서다 보니 서두른 면이 없지는 않지만 이렇게 형편없을까.

설명을 이해 못하는 건 고사하고 시늉도 내지 못하는 사람들이 부지기수다.

평생 무공과는 담을 쌓고 살아온 이들이 대부분이며, 오로지 돈에 팔려온 사람들이었다. 그렇기 때문에 쉬울 것이라 생각하지는 않았지만 현실은 예상보다 더욱 참혹했다.

"그냥 해."

혁련모는 단호했다.

질린 얼굴로 서 있는 이십여 명의 무교들을 향해 차갑게 말했다.

"우린 지금 힘의 전쟁을 하고 있는 것이 아니다. 그들의 힘이 이 전쟁을 승리로 이끌 것이란 기대 따위는 애초부터 없었다는 얘기니라. 귀관들도 알고 있지 않는가. 오직 하나, 심리전을 노리고 막대한 돈을 뿌렸다는 것을."

개방이 우세에 있는 건 분명하지만 양쪽 모두 전쟁에 지쳐 있는 상황.

개인 간의 싸움도 그렇지만 집단 간의 전쟁도 그렇다. 처음에는 팔팔한 힘의 전략을 구사하다 시간이 흐르면 힘보다는

심리전, 그리고 마지막에는 숫자가 승패를 부지기수로 가늠한
다.

전쟁이 오래 지속되다 보면 거의 미쳐 간다. 판단력은 물론
이고 야수성만 남는다.

그런데 야수성이 갖는 가장 큰 약점이 숫자이다. 아무리 사
나운 야수들도 상대가 자신들보다 많으면 도주하거나 겁을 먹
는데 인간 또한 그렇다.

낙양에서 온 용병만 오백여 명.

다른 곳에서 데려온 용병까지 합치면 일천이 조금 넘는다.

싸움에 대한 경험이 일천하지만 이들이 내는 함성만으로도
적의 기세를 위축시키기에 충분하다는 것이 혁련모의 설명이
었다.

"그렇다고 너무 엉망인 상태로 투입할 수는 없잖습니까?"

"우리 말 짧게 하자."

무교들을 향해 쐐기를 박는 혁련모.

더 이상 그 문제로 왈가왈부하지 말라는 뜻이다.

"추웅!"

하는 수 없다는 듯 무교들이 일제히 거수경례를 하고 사라
졌다.

무교들이 나가자 혁련모의 얼굴이 어두워졌다. 금마옥은 흑
과 백 전선의 가장 중앙에 있었다. 중앙에 있다는 것은 흑도의
중심이라는 의미이다.

패할지라도 중심이 먼저 무너져서는 안 된다.

그건 흑도의 자존심이었다. 질 때 지더라도 장수가 무릎을 먼저 꿇는 것과 말단 부하가 꿇는 것에는 큰 차이가 있다.

소림이 먼저 무너지면 안 되듯 말이다.

금마옥이 무너지면 흑도에 끼치는 영향은 그야말로 일파만 파이기 때문이다.

발자국 소리에 추산이 고개를 돌렸다. 피광이었다. 입이 찢어져라 하품을 하며 피광이 말한다.

"오늘도야?"

피광과 추산은 나란히 잔다.

자다 보면 항상 추산이 없었다. 불침번에게 추산의 행방을 물으면 고개를 밖으로 돌렸다. 막사 밖에서 무예 수련 중이라는 뜻이다.

사실 말이 용병이지 이곳에 온 사람들 중 무예는 뒷전인 사람이 의외, 아니, 거의라고 해도 좋다. 자기 한 사람의 생명을 담보로 가족의 행복을 구하려는 사람들이 대부분인 것이었다. 그러다 보니 하루 일과가 끝나면 잠에 떨어지기 바쁘지 추산처럼 수면을 줄여가며 무예 수련에 치중하는 사람은 극히 드물었다. 아니, 피광은 아직 한 명도 보지 못했다.

"그러다 쓰러지면 어떡하려구."

피광이 연신 하품을 하며 잔소리를 한다.

슉!

슈슈슉!

주먹에서 바람 소리를 일으키기란 쉽지 않다. 그런데 추산의 사악칠권에서는 바람 소리가 흘러나왔다.

슬쩍 자신도 뻗어본다.

그러나 바람 소리는커녕 소매 자락 날리는 소리도 들리지 않는다. 힘을 덜 줘서 그러나 싶어 야심차게 뻗었다.

"아잣!"

기합까지 지르며 뻗던 피광은 인상을 찌푸렸다. 어깨가 빠질 듯 아팠다.

언젠가 맹패광은 말했다. 자신도 자질이 뛰어나다는 소리를 무림인들로부터 자주 듣지만 추산 동생에 비하면 아무것도 아니라고.

한 번 보면 그대로 따라 하는 추산의 눈썰미와 재주는 알아주어야 했다.

"들어가 자. 나 신경 쓸 것 없어."

"섭섭하다. 너 지금 그걸 말이라고 하냐? 친구가 이 고생을 하는데 잠이 오냐고. 너 같으면 오겠어?"

피광의 넉살에 추산은 싱긋 웃더니 정색했다.

"이상한 게 있어."

은밀한 표정에 피광의 눈이 빛났다.

"뭐, 좋은 거야?"

"그게 말이야, 너무 비슷해. 아니, 거의 같다고 할 수 있어."

"뭔데?"

추산은 주위를 한번 살피듯 보더니 입을 열어 말했다.

사악칠권과 북두칠권의 흡사함에 대해.

"처음에는 우연의 일치겠지 했는데 볼수록 아냐."

시간이 흐르고 조금씩 사악칠권에 대한 이해가 깊어질수록 북두칠권에 대한 깨달음까지 얻어지는 것이다.

강호에 닮은 무예가 어디 한두 개인가. 그런데 사악칠권을 수련하는데 북두칠권이 이해가 되는 현상 앞에서는 그냥 흘려볼 수가 없었다.

북두칠권도 칠 식(七式)으로 되어 있는데 사악칠권도 칠 식이었다.

각도, 회전술까지 같고 단지 차이라면 위력이었다. 사악칠권의 각도와 회전술이 북두칠권의 각도와 회전술에 비하면 부드럽고 섬세하며 잘다.

북두칠권이 어른의 주먹이라면 사악칠권은 어린아이의 주먹과 같은 느낌.

그러면서 떠오르는 한 가지 사실은 사악칠권이 북두칠권의 토대, 즉 기초가 되는 느낌이었다.

그렇지 않다면 사악칠권이 탄탄해질수록 수련도 하지 않은 북두칠권에 대한 깨달음이 마구 얻어지는 이유를 무엇으로 설명한단 말인가.

"저, 정말이야?"

피광은 추산이 익힌 주먹이 북두칠권인지는 모른다. 단지 집에서 수련하던 것과 사악칠권이 비슷하다는 말에 놀라는 것이다.

자신도 무예에 관심은 있지만 추산과는 다르다. 자신이 사악칠권을 열심히 수련하는 것은 죽지 않기 위해서인데 이곳에서가 아니다.

전쟁터라고 하면 대부분의 사람들이 죽는 줄 아는데 절대 그렇지 않다. 죽는 사람도 많지만 살아 돌아가는 사람도 많다. 이상하게 자신은 살아 돌아갈 자신이 있었다.

사악칠권을 열심히 수련하는 진짜 목적은 낙양으로 돌아갔을 때를 대비해서이다.

개나 소나 자신을 우습게 보지 않도록 하기 위해서이다. 그동안은 추산의 보호 아래 있었지만 이제 스스로 존재감을 알리고 싶어서이다

전쟁터에 다녀온 사내.

뇌옥에 다녀왔다는 자체만으로도 무언의 고수가 되듯 자신의 위상을 크게 높여 줄 것이다.

그러나 추산은 달랐다. 입 밖으로 말하지는 않았지만 추산의 꿈은 자신과 다르다는 것을 본능적으로 느끼고 있었다. 자신과는 넓고 높은 곳에 있음이 분명했다.

"봐봐."

추산은 사악칠권의 기수식을 취했다.

피광이 놀란다.

"어!"

북두칠권의 기수식과 비슷했다.

슈슈슉!

주먹을 뻗어간다.

자신도 배운 사악칠권이다. 그런데 추산에게서 펼쳐지는 사악칠권은 확실히 달랐다.

쉭!

삑!

바람 소리를 넘어 휘파람에 가까운 주먹 소리.

주먹이 빠를 때 흘러나오는 소리였다.

추산의 주먹은 어둠을 베고 찌르며 점령해 나갔다.

"허, 허헉! 어때? 맞지?"

추산이 거친 숨을 쉬며 물었다.

몇 번 추산이 북두칠권을 수련한 모습을 봤기 때문에 조금은 안다.

"으으… 응!"

피광 또한 이해할 수 없다는 듯 눈을 크게 뜨고 고개를 끄덕였다.

추산이 다시 주먹을 뻗었다.

쿠쿠쿠쿠!

이번에는 북두칠권이다.

사악칠권과는 비슷하나 다르다.

더 빠르고 더 급하게 꺾이고 더 강렬하게 회전했다.

"허걱!"

피광은 입을 쩌억 벌렸다.

비슷하기도 했지만 추산의 북두칠권이 너무 변했다. 아니,

너무 달라져 있었다.

"어때? 맞지?"

추산은 이마의 땀을 닦았다.

피광은 입을 떠억 벌리고 있었다.

"어떠냐니까?"

"으… 음, 좋아. 아주 좋아."

피광은 마치 뭔가에 넋이 빠진 사람 같았다.

─고수 같았어.

조금 전 추산의 모습은 낙양 저잣거리를 휘젓고 다니던 친구가 아니라 강호를 주유하는 무인이었다.

멈칫!

숟가락을 쥐고 국을 뜨던 추산의 동작이 멈췄다. 두 눈은 국그릇에 머물러 있었다.

주먹만 한 고깃덩이 두 개.

녹우둔육(鹿牛臀肉)이다. 일반 소와 천산에 사는 흑설록을 교배시켜 키운 녹우는 육질이 부드럽고 영양소가 풍부하다. 금마옥은 먹는 것에서도 아끼지 않고 있었다.

"왜 안 먹어?"

피광이 호시탐탐 노려본다.

부친은 들어오자마자 품에서 종이 뭉치를 꺼내 펼쳤다. 무려 다섯 달 만의 귀가.

다른 때와 달리 연락도 없고 생활비는 더욱 보내주지 않아 무척 화가 나 있었기 때문에 들어서자마자 잔소리를 퍼부었다.

"뭐야? 늦으면 늦는다고 연락이라고 해야 할 것 아냐! 씨이."

버럭 화를 냈다.

부친이 풀어 헤친 종이에는 주먹 크기의 빨간 고깃덩이 두 개가 있었는데 코끝을 자극하는 향기가 조금 전 밥을 먹었는데도 침을 삼키게 했다.

"자자, 얼른 먹어."

부친은 신속히 부엌으로 달려가 젓가락을 가져와 내밀었다.

"뭔데?"

"죽이는 거야. 너 녹우둔육이라고 못 들어봤지?"

"몰라!"

추산은 여전히 화가 덜 풀린 얼굴이었다.

"돈 많은 사람들만 먹는 건데, 너 언젠가 저잣거리 지나다 무슨 음식인데 이렇게 냄새가 좋으냐고 한 적 있잖아. 그 냄새가 바로 이거야. 녹우둔육."

그제야 눈이 커진다.

지금도 잊히지 않을 만큼 향기로웠던 냄새.

녹우 중에서도 가장 맛있다는 엉덩이살.

미친 듯이 먹었다. 그리고 먹다 보니 그만 부친에게는 한번 먹어보라는 말 한마디 못했다. 뒤늦게 아차 했지만 녹우둔육의 향기를 머금은 종이만이 방바닥을 나뒹굴고 있었다.

“먹기 싫어?”
고기를 뒤척이기만 하자 피광이 빼앗아갈 기세다.
“나 먹을까?”
여전히 대답이 없자 피광의 젓가락이 급히 움직인다. 어느새 자신의 국그릇에 옮겨진 녹우둔육을 뜯기 시작하는 피광.
우걱우걱!
추산의 입술이 지그시 물리더니 고개를 더욱 수그린다.

*   *   *

한편 그 시각, 모용탄의 허락을 받은 추작도는 숙영지를 벗어났다.
숙영지에서 남쪽으로 이십 리쯤 가면 투양이라는 조그만 고을이 나타난다. 투양 앞마을로 서역과 중원을 잇는 비단길이 있어 사람들의 왕래가 적지 않았다.
“어디 가십니까?”
“안휘요.”
“어디 가십니까?”
“산서 가는데 왜 그러슈?”

태산(泰山)과 장강(長江)의 만남 105

추작도는 지나가는 사람을 붙잡고 물었다.

"혹시 낙양 가는 분 없습니까?"

상인들을 향해 소리 높여 외쳤다.

그때 멀리서 두 상인이 다가오더니 말했다.

"왜 그러슈. 낙양 가는 길이오만."

등에 짊어진 기다란 봇짐, 그리고 흘러나오는 냄새는 종이 중 최고급품이라는 금우지(金羽紙)임을 알 수 있었다. 낙양은 예로부터 가장 큰 종이 시장이 있었다.

"내 아들이 낙양 사는데 부탁 좀 합시다."

"그러쇼."

미리 준비한 서찰과 주머니 한 개를 꺼냈다.

"이걸 내 아들에게 건네주시면 고맙겠소이다. 이건 수고비요."

은자 한 냥을 따로 건넨다.

어차피 가는 낙양 길, 공짜로 은자 한 냥을 받았으니 이거야말로 횡재가 아닌가.

추작도는 추산에 대해 자세한 설명을 했다.

"걱정 마시오. 반드시 아드님께 전해드리리다."

"부탁하오. 꼭 좀 전해주시오."

연신 두 사람에게 허리를 구부렸다.

황보세가를 처음 들어가면 녹봉은 없다. 최소한 간부가 되어야 녹봉이 주어지는데 지금은 전쟁터라는 이유로 적지 않은 돈이 지급되고 있었다.

걱정 말라는 듯 두 상인은 서 있는 추작도를 향해 손을 흔들어 보인다.

추작도 또한 손을 마주 흔들었다.

주르륵!

아무리 참으려고 해도 눈물이 나온다.

태어나 한 번도 잘해준 것이 없다. 오히려 갖은 마음고생만 시켰다.

추작도는 눈물을 훔치며 다시 숙영지를 향해 달리기 시작했다.

*　　　*　　　*

한 달이 지났는데도 이상 동향은 없었다. 전쟁터에서 흔히 일어나는 비상사태도 발생하지 않았다. 서로가 대치만 할 뿐 피의 공방이 없다는 것은 서로의 전력이 보잘것없기 때문에 함부로 공격을 하지 않고 있다고 봐야 했다.

양측 모두 오랜 전쟁으로 피로가 누적된 데다 무사들의 사기도 떨어져 있고, 특히 병력이 모자랄 때는 가급적 서로 충돌을 피한다.

그러나 전장은 전장, 언제 터질지 모르는 폭풍전야의 긴장감 속에 두 달이 거의 가까워 오고 있었다.

여느 때와 다를 바 없이 추산은 모두가 잠든 밤을 이용해 막사 뒤편에서 사악칠권을 수련하고 있었다.

추산의 사악칠권은 이제 능숙해졌다. 무예를 수련하는 사람에게 두 달은 분명히 짧은 시간이지만 추산의 사악칠권은 몰라보게 발전해 있었다. 무교들까지도 추산의 성장에 놀라움을 금치 못하며 관심을 갖고 있었다.

"과연."

오늘도 열심히 어둠 속에서 수련을 하고 있는데 묵직한 감탄의 소리가 들려왔다.

추산은 주먹을 멈추고 깜짝 놀라더니 벼락같이 포권의 예를 갖추었다.

"오, 옥주님!"

놀랍게도 나타난 이는 모찰이었다. 도착하여 첫날을 제외하고 아직까지 얼굴도 보지 못했다.

탁탁!

어깨를 두드리는 모찰의 입가에 미소가 떠올랐다.

혁련모를 비롯해 무교들까지 추산을 칭찬하지 않는 사람이 없었다. 하도 극찬들을 하는 바람에 몇 번 보고 싶었지만 흑도가 워낙 위기에 있어 회의다 뭐다 쫓아다니느라 볼 틈이 없었다.

"소문이 부족하다."

들던 것보다 더욱 뛰어나다는 말이다.

추산은 빙그레 웃었다.

"재미있느냐?"

"예!"

추산은 망설이지 않았다.

다시 한 번 어깨를 툭 치더니 한쪽에 있는 바위에 걸터앉는다.

"앉겠느냐?"

추산은 앉지 않고 섰다.

"앉거라."

"아닙니다. 전 괜찮습니다."

"어른의 말은 듣는 법이니라."

추산은 하는 수 없다는 듯 조금 떨어진 곳에 있는 바위에 걸터앉았다.

모찰은 바로 입을 열지 않았다.

동편 하늘의 눈썹 같은 달을 바라보았다.

—고독!

순간적인 착시일까.

동편 하늘의 그믐달을 바라보는 모찰의 옆모습에서 추산은 외로움을 읽었다.

장장 삼십 년 전쟁을 치르고 있는 장수에게서 의당 똘똘 뭉쳐 이글거려야 할 살기는 없고 일면 처연해 보이기까지 한 고독의 기운이라니 선뜻 이해가 되지 않는다. 잘못 보았는가 싶어 다시 바라보았지만 여전히 살기라고는 찾아볼 수 없는 얼굴.

세상의 번뇌를 모조리 짊어진 것 같이 물려 있던 모찰의 입술이 가만히 열렸다.

"난 달이 좋다."

모찰의 눈은 달에서 떨어지지 않았다.

"특히 그믐달을 보고 있으면 가슴이 설레고 나도 모르게 춤을 추고 싶어진다. 그믐달은 나에게 고향이고 어머니다."

알 것 같으면서도 이해할 수 없는 말.

모찰은 달을 보며 혼잣말처럼 말했다.

"그리운 여인이 되어 내 애간장을 녹일 것 같기도 하고 한편으로는 가슴이 휑한 서글픔이 엿보이기도 하고. 허허허! 저놈의 달은 내게 희망등이었는데."

팔랑!

추산의 눈이 이채를 띠었다.

희망등이었는데…….

그럼 이제 아니란 말인가.

"넌 이 전쟁을 어떻게 보느냐?"

불쑥 묻는다.

추산은 입을 다물었다.

모찰은 말했다.

"이 전쟁은 머잖아 끝날 것이다. 그렇다고 해서 당장 몇 일 안에 끝난다는 건 아니지만 절대 오래 가지는 않을 것이다. 그리고 흑도는."

잠시 말을 끊더니 그가 다시 달을 올려다본다.

오늘따라 그믐의 월광이 아롱지다.

"패할 것이다."

화악!

추산은 눈을 크게 떴다.

"아마 전쟁이 길었으니 피의 보복 또한 무차별하게 진행될 거야."

잠깐 벌어진 전쟁에서도 패장과 휘하 막료들은 물론 가족까지 무참히 몰살되는 것이 패전의 후폭풍인데 삼십 년의 싸움 끝에 무너진 흑도를 백도에서 절대 가만둘 리는 없었다.

"씨를 말리려 하겠지. 헛헛헛."

어찌 보면 추산에게 줄을 잘못 섰다는 안타까움으로도 들린다.

개방으로 가지 왜 이쪽으로 왔느냐는 듯.

추산은 웃음을 지었다.

모찰은 놀란 표정을 지었다. 자신이 지금 뱉은 얘기는 열네 살 소년에게는 분명히 겁나고 두려운 일이었다.

"왜 웃느냐고 물어도 되겠느냐?"

"별뜻없습니다. 그냥 웃었습니다."

"그냥?"

"길고 짧은 건 대봐야 아는 건데."

모찰은 하얀 미소를 짓는다.

"대보지 않아도 알 수 있느니라. 흑도는 무너진다. 그래서 난 한 가지 준비를 하려고 한다. 줄기가 잘려도 뿌리만 죽지 않으면 이듬해 싹을 틔울 수 있거든.”

모찰은 정면으로 보았다.

“난 지금 뿌리를 정했다, 우리 금마옥의 뿌리를.”

추산의 눈이 커졌다.

“넌 지금부터 금마옥의 다음 주인이다. 너와 나밖에 모르는 비밀이다.”

“어어!”

추산은 너무 놀라 말을 잇지 못했다.

모찰은 품에 손을 넣었다.

잠시 후 그의 손에서 몇 가지 물건이 나왔다. 핏물 속에 담 갔다 꺼내 놓은 듯 검붉은 주먹이 새겨진 손바닥만 한 패(牌)와 커다란 흑룡 한 마리가 빙 둘러서 새겨진 둥근 잔.

“이건 금마옥의 주인을 나타내는 마패이고 이건 흑도오문 의 수장을 증명하는 흑룡옥배이니라.”

지이이잉!

바로 그때였다. 모찰의 손바닥에서 강한 열기가 치솟았다. 그러더니 연기가 피어나며 두 가지의 물건이 물처럼 녹아내리 기 시작했다.

대장간에서 쇠가 불에 녹아내리는 광경은 보았지만 사람의 손에서 물처럼 흘러내리는 모습은 처음이었기에 추산의 눈은 커졌다.

추산의 눈은 한참 깜빡거렸다.

뭔가를 떠올리기 위한 몸부림인 듯 한참 눈알을 굴리고 뒤집더니 이채를 띤다.

'그, 그것이 아닐까. 삼매진화인지 뭔지 하는 것.'

한 번도 본 적은 없다.

엄청난 고수들만이 시전할 수 있다고 맹패광은 말했고 그가 했던 설명과 진행되는 모습이 흡사하여 떠올려 본 것이었다.

모찰의 손에 들렸던 두 물건은 반 각도 지나지 않아 사라져 버렸다.

"소림의 장문인임을 공식적으로 증명하기 위해서는 녹옥불장이 있어야 한다. 마찬가지로 금마옥의 주인임을 입증하려면 마패가 있어야 하고 흑도오문을 이끄는 수장임을 증명하기 위해서는 흑룡옥배가 필요하다. 그러나 이제 두 가지가 사라졌으니 누구도 널 금마옥의 후예라든지 흑도오문을 이끄는 흑천의 천주라고 생각하지 않을 것이다."

휘청!

어찌나 놀랐던지 추산이 비틀거렸다.

"흐, 흑천의 천주란 말입니까?"

백도에 무림맹주가 있다면 흑도에는 흑천의 천주가 있다.

흑백쌍웅으로 불리는 두 거목.

그런데 신비의 흑천 천주가 모찰이라니.

"이제 남은 위험요소는 네 입뿐이니라."

추산의 안색이 급변했다. 이제야 모찰이 보여준 지금까지의 행동을 이해할 수 있었다.

모찰은 지금 흑도가 패했을 때를 대비한 추산의 생존 전략을 세우고 있었다. 흑도의 패전으로 끝나면 백도의 모든 칼은 흑천의 천주인 모찰의 목을 노릴 것이다.

모찰은 두 가지 물건을 없앰으로써 추산을 백도의 칼에서부터 보호하려는 것이다.

입이 화근이라는 것은 추산이 자기 입으로 말하지 않으면 누구도 모를 것이라는 의미이다.

"그, 그렇지만."

"네가 조금은 더 안전해지겠지만 잃을 것이 더 많을 수도 있다는 얘기냐?"

그러했다.

나중에 흑도가 재기를 했을 때.

과연 누가 추산을 금마옥의 옥주로 인정하며 어느 누가 그를 흑천의 천주로 받아들이겠는가. 아무런 증표도 없는데.

"내가 사람은 잘 보았구나. 벌써 내 행위가 일장 일단이 있음을 알아내다니, 하지만 지금으로서는 어쩔 수 없다."

먼훗날의 일까지 계산하기에는 작금의 사태가 너무 급박하게 돌아가고 있다는 뜻이었다.

"그리고 한 가지 더."

모찰은 호흡을 가다듬었다.

"사악칠권에 대한 얘기니라. 사악칠권은 사실 한 권법의 전식이다."

흔하지는 않지만 강호에는 전식(前式)과 후식(後式)으로 나누어진 무공들이 있었다.

전식과 후식으로 나눈 이유에 대해 대체적으로 두 가지 설이 있다. 첫 번째는 먼저 만들었기 때문에 전식이고 나중에 만들어 후식으로 지었다는 설과 두 번째는 하나의 무공을 만들었는데 너무 어렵고 위력적이어서 소화를 하지 못하는 제자를 돕기 위해 좀 더 쉽게 접근 할 수 있도록 전식을 뒤에 만들었다는 설.

어느 설이 정확한지는 아직 명확하지 않지만 강력한 무공일수록 전, 후식으로 나뉘어져 있는 것만은 분명했다.

"사악칠권의 후식은 뭡니까?"

추산은 눈을 빛내며 물었다.

뭔가 느껴진 바도 있고.

"북두칠권이니라."

"엇!"

추산은 깜짝 놀랐다.

비슷하다고 여기긴 했지만, 아니, 어쩌면 상당히 깊은 관계가 있을 것이라고까지도 여겼지만 사악칠권이 북두칠권의 전식이라니.

"왜 그러느냐?"

추산은 얼른 말하지 않았다.

아주 잠깐 동안 머릿속을 스치는 온갖 생각들.

짧은 삶이었지만 세상에는 위험이 넘쳐 흘렀다. 열 길 물속은 알아도 한 길 사람 속은 절대 알 수 없었다.

“친구? 웃기는 소리하지 마라. 세상에 친구는 없다. 아는 사람
은 있을지라도”

아버지께서는 절대 누굴 믿지 말라고 했다.
특히 벗이라는 자들에 대해 극도로 경계하라 일렀다. 인생
이야말로 벗의 탈을 쓴 위선자들이 즐비한 곳이라고 했다.
그러나 추산은 말을 하기로 했다.
자신이 보는 앞에서 금마옥주의 신패를 녹이고 흑도를 이끌
어갈 수 있는 흑룡옥배를 버렸다는 것은 아무나 보여줄 수 있
는 진실성이 아니었다.
설혹 자신을 속이기 위한 것이라면 당할 수밖에 없었다.
그 정도까지 완벽한 사람을 무슨 수로 이긴단 말인가. 그 정
도면 싸울 상대가 아니었다.
추산은 북두칠권을 얻게 된 경위를 말해 주었다.
화악!
모찰은 굳어버렸다.
두 눈을 부릅뜬 채 십여 호흡을 크게 들이마시고 내뿜었다.
기연인가 악연인가. 그도 아니면 필연이며 숙명이라고 해야
하는가.
운명, 천명, 온갖 말들이 모찰의 머리를 뚫고 사라졌다 나타
난다.
스윽!
추산은 자리에서 일어났다.

공터 중앙에서 기수식을 펼쳤다.

사악칠권이나 북두칠권의 기수식은 큰 차이가 없었다. 물론 세밀하게 들여다보면 없지는 않았지만 평범한 사람의 눈으로는 구별하지 못한다.

"으음!"

모찰의 입술이 강하게 물린다.

지금 취한 기수식은 북두칠권의 것이었다. 사악칠권과 차이가 있음을 한 눈에 알아보았다.

추산은 서서히 걸음을 떼며 자신이 그동안 나름대로 연구하고 하후천의 도움을 받으며 연마한 북두칠권을 펼쳤다.

북두칠권은 모두 칠 식으로 되어 있었다.

각 식마다 위력은 다르고 변화 또한 큰 차이를 보이지만 아직 추산의 주먹은 그런 것을 보여주지는 못했다. 단지 북두칠성 모양을 따라 두 발이 움직이며 주먹이 연신 소리를 낸다.

파르르!

추산을 바라보는 모찰의 눈은 무수한 변화를 보였다.

충격과 당혹, 떨림과 경이를 보이더니 벌떡 일어서기까지 했다.

척!

추산은 마지막 주먹을 거둬들이며 자세를 풀었다.

"저, 전부이더냐?"

"예! 워낙 어려워 아직 겉도 핥지 못하고 있습니다."

“부, 부탁이 있느니라. 하, 한번만 더 보여줄 수 있느냐?”

모찰은 흥분을 넘어 금방이라도 눈물을 흘릴 듯 목이 메어 있었다.

깊숙한 눈빛으로 잠시 모찰을 바라보던 추산은 다시 북두칠 권을 보여주었다.

모찰의 눈이 추산의 행동 하나하나에 말뚝처럼 단단히 박힌 다. 동작과 호흡 하나도 함부로 흘릴 수 없다는 듯 이글거리는 눈빛.

스윽!

추산이 자세를 거두고 물러섰고, 둘 사이에는 한동안 무거 운 침묵이 흘렀다.

“다, 다르구나. 너무나.”

사악칠권 하나로 흑도를 다스리는 흑천의 천주가 되었다. 하지만 사악칠권은 한 가지 주먹을 꽃피우기 위한 주춧돌밖에 되지 않는다는 것을 알면서부터 북두칠권을 찾기 위해 얼마나 애를 썼던가.

다행히도 주춧돌 하나만으로도 적수가 드물었다. 그런데 만 약 북두칠권까지 얻는다면 그것은 고금 이래 누구도 얻지 못 했던 하나의 신위를 예약하는 것이었다.

천하무적(天下無敵).

“사악칠권은 오직 북두칠권을 위해 나중에 만들어진 주먹 이니라. 정확하지는 않지만 북두왕은 너무나 힘이 셌다고 한 다. 그러다 보니 복잡한 초식 같은 것에 얽매일 필요가 없었지. 그런 것 있지 않느냐. 워낙 힘이 강하다 보면 중간의 과정 따위는 오히려 자질구레해져 버리는 것 말이다."

역발산기개세(力拔山氣蓋世) 북두왕(北斗王)의 주먹.

하나 자신과 신체적 조건이 다른 일반인은 도저히 자신만큼의 위력을 재현해 낼 수 없다는 것을 그는 깨달았다. 그래서 죽기 전에 북두칠권을 일반인들도 얻도록 하기 위해 만들어놓은 것이 사악칠권이었다.

전쟁터에는 오로지 살아 있는 자와 죽는 자만이 존재한다. 그래서 사람들은 전쟁터를 지옥이라고 부르기에 서슴지 않는다. 나이 스물다섯에 투입되어 쉰다섯인 지금까지 싸우고 있으니 삼십 년을 꼬박 전쟁터에서 보냈다.

전쟁터에서 세 번의 큰 지위 변화가 있었다.

자신의 사조가 죽었고, 사부가 되는 전 옥주가 죽었으며, 자신이 그 뒤를 이었다.

삼대가 전쟁을 치르고 있는 셈이다.

이제 자신이 죽을 때를 대비해야 했다.

또다시 금마옥주를 뽑아야 한다. 사조에서 사부까지는 비록 전쟁터이지만 수많은 수하들과 막료들을 모아놓고 성대한 식을 거행했다. 그것은 수하들의 사기 진작과 적을 강하게 압박하려는 고도의 심리전이었다.

그러나 이번만큼은 아무도 없었다. 단 한 명의 금마옥의 수하도 없었고 구경꾼조차도 보이지 않는다. 아니, 있구나. 저 하늘에 걸린 그믐달이 있으니 그렇게 외로운 건 아니었다.

두 사람, 자리를 넘겨주려는 사람과 이어받는 사람 사이에 조용한 침묵이 흘렀다.

기구하다. 정말 기구한 금마옥의 신임 옥주이다. 어찌 되었든 자신까지는 전쟁터였지만 그래도 격식을 갖췄는데 아무도 없는 텅 빈 세상.

절차는 너무나 간단했다.

구배지례를 올려야 했지만 단 세 번의 절로 모든 것은 마무리되었다.

"사, 사부!"

"갈!"

모찰은 단호히 잘랐다.

"낮말은 새가 듣고 밤말은 쥐가 듣는다고 했느니라. 설혹 너와 나 단둘밖에 없더라도 호칭에 유의하라. 넌 우리가 데려온 용병 중 한 명일 뿐이고 난 고용주임을 잊지 말거라."

은근슬쩍이라도 한 번쯤은 사부라고 불러주길 기대할 법도 하건만 모찰은 단호했다. 모찰의 머릿속에는 어떻게 해서라도 추산을 감추고 숨기려는 생각 말고는 없는 듯했다.

"잘 봐라. 딱 한 번이니라."

그러면서 모찰의 두 눈은 어둠속을 예리하게 살폈다.

혹시라도 누가 지켜보고 있는지 살피고 있음이었다.

전혀는 아니지만 대부분 정사를 막론하고 의발전인이 아니면 수장이 직접 무예지도를 않는다. 그런데 모찰이 직접,

그것도 수하도 아닌 용병으로 들어온 추산에게 무예를 지도한다는 건 누구의 시선일지라도 예사로 보지 않을 것은 뻔했다.

권력이 무너지면 재빠르게 등을 돌리는 자들이 생긴다.

흑도가 패배하면 어떤 부하가 등을 돌릴지 모르는 법.

인간의 마음은 자기 스스로도 알지 못한다. 배신을 하고 싶어서 하는 것이 아니라 주위 상황이 그렇게 만드는 것이다. 누군가 모찰이 추산을 개인지도 하는 모습을 보았다고 폭로하면 곧바로 죽어야 한다.

멈칫!

너무나 빨리 끝났다.

이 생각 저 생각 하느라 제대로 집중도 하지 못했다. 그러는 사이에 모찰은 사악칠권의 근간이 되는 걸음과 주먹질을 종시(終示)해 버린 것이다.

"하, 한 번만 더."

하지만 모찰은 말을 하고 있었다.

"후식 북두칠권을 얻을 수 없다는 사실은 무리를 낳았다. 그러다 보니 북두칠권 이상으로 강하게 만들겠다는 의지와 욕망에 지나치게 지배되었고, 결국 사악칠권은 원래의 식에서 상당히 벗어나 있느니라."

또다시 둘 사이에 말이 끊어진다.

한참이 지났다.

"산아!"

모찰의 음성은 처음보다 훨씬 활기에 차 있었다.

뿌리를 남겼다는 사실에 희망을 가진 듯했다.

"서두르지 마라. 시간은 많고 인생은 길다. 청산이 변치 않는 한 땔감 걱정은 않는다고 했느니라."

사악칠권으로 기초를 완벽하게 다진다. 이후 북두칠권과 사악칠권을 단추를 제 구멍에 꿰듯 맞춰가라는 말을 남기고 모찰은 사라져 버렸다.

추산은 잠시 우뚝 서 있었다.

이각이란 아주 짧은 시간이었지만 흑도라는 거대한 무파(武派)에 엄청난 지각변동이 벌어진 것이다.

모찰은 사라지고 없었지만 시선은 거두어지지 않았다.

마패와 흑룡옥배를 단숨에 녹여 없애던 모찰의 모습을 떠올리자 자신도 모르게 이가 물린다.

반드시 자신을 지키고 일으켜 세워 후일을 기약하겠다는 필사의 의지였다.

—뿌리만 건재하면 이듬해 싹은 돋느니라.

자신은 이제 금마옥, 아니, 흑도를 일으켜야 할 뿌리가 되고 말았다.

전쟁은 아직 끝나지 않았고, 세상일이란 한 치 앞을 내다볼 수 없으니 모찰의 말처럼 되지 않을 수도 있었다.

'으음!'

추산은 모찰의 말대로 전쟁이 흑도의 패전으로 끝나지 않기를 바라면서 다시 사악칠권 수련에 들어갔다.

어깨에 올라 있는 무거운 짐 때문일까, 동작 하나하나에 세심한 신경이 가해졌고 눈빛은 더욱 진중해졌다.

두 달의 기초 훈련 기간이 끝났다. 아침 일찍 일백 명씩 전선으로 이동하기 시작했다. 추산이 속해 있는 일백 명의 목적지는 농관에서 동북쪽으로 오십 리 가까이 떨어진 동관이었다.

동관은 금마옥 소속의 제삼지단이 전선을 형성하고 있었다.

제삼전선 지단주는 동마옥의 삼호법 권포(拳砲) 방추형(方追形). 올해 예순셋으로 별호에서 알 수 있듯 주먹이 대포 같다 하여 혹자는 한방이라고도 부른다.

동관은 산서, 하남, 섬서 삼 성의 교통 요지인데 농관을 출발할 때부터 하늘은 잔뜩 먹장구름을 드리우고 있더니 동관에 거의 이르렀을 때쯤엔 급기야 빗방울이 떨어지기 시작했다. 그리고 동관에 도착했을 때에는 장대 같은 비로 변했다.

"젠장, 기분 안 좋은데. 전쟁터의 비는 피를 몰고 온다는데……"

누군가 투덜거렸다.

도착한 일행은 이십 명씩 다섯 개 막사, 일대(一隊), 이대(二隊), 삼대(三隊), 사대(四隊), 오대(五隊)로 분류되었다. 추산과 피광은 오대가 되었다.

오대에 있는 금마옥 무사는 모두 이십일 명.

그중 부상자를 제외하면 열두 명가량이 전투가 가능했다.

금마옥 고수들과 간단한 인사를 하고 있었는데 갑자기 북소리가 천지를 울렸다.

둥둥둥둥!

장대비를 뚫고 들려오는 급박한 북소리.

비에 젖어 막사 안으로 막 들어선 추산 일행의 눈이 커졌다. 반면 금마옥 무사들은 거칠게 투덜거렸다.

"뭐야? 또 시작이야? 젠장!"

"비가 오면 피를 몰고 온다는 말이 괜히 생긴 게 아니구만. 어서들 준비하자고."

촤악!

그때 막사가 열리며 거대한 갑옷을 걸친 사내 한 명이 뛰어들며 소리쳤다.

오대 대주인 을지룡이었다.

삼십 년 흑백전쟁 중 이십 년을 보낸 올해 마흔다섯의 백전노장.

"적이다! 사흑평으로 적이 몰려오고 있다! 모두 전두 장비를 갖추고 연무장으로 집결하라! 반복한다! 적이 밀려오고 있다! 즉시 집결하라!"

악을 쓰듯 외치며 을지룡은 황급이 뛰어나갔다.

막사 안이 소란스러워졌다.

"저, 적이라면 누구?"

용병 중 한 명이 궁금한 얼굴이다.

금마옥 무사가 쥐어박는다.

"이봐, 아무리 급조된 용병들이란 말은 들었지만 그렇다고
대치하고 있는 적이 누군지도 모르고 왔단 말이냐?"

"개, 개방입니까?"

"속 터져!"

금마옥 무사는 밖으로 나가 버렸다.

말로만 듣던 적.

술집에서 관인들의 입을 통해 전쟁 얘기를 들으면 왜 그렇
게 재미가 있었는지, 마치 자신이 적진 속을 누비며 적을 무찌
르는 것 같은 흥분까지 일었었다. 그런데 막상 전쟁의 중심에
들어왔다고 생각하자 더럭 겁이 났다.

"서둘러! 뛰어라!"

을지룡이 다시 뛰어들어 와 외쳤다.

"젠장!"

피광이 달리며 투덜거렸다.

동네 싸움 정도는 해봤지만 집단으로 생사를 놓고 싸워본
일이 없는 이들에게 주위 분위기는 너무나 살벌하여 정신을
차릴 수가 없었다.

"너, 안 떨려?"

피광이 옆에서 뛰고 있는 추산에게 물었다.

"왜 대답 안 해? 겁 안 나냐고?"

침묵하는 추산을 향해 피광이 버럭 소릴 질렀다.

"난 사람 아니냐?"

덤덤하게 돌아오는 소리.

빗줄기는 더욱 굵어졌고, 다른 막사에서도 사람들이 달려나가며 북소리는 고막을 찢을 듯 울리고 천둥은 치고, 그야말로 정신을 차릴 수가 없었다.

막사에서 이십여 장 떨어진 연무장으로 몰려가자 제오대 대주인 을지룡이 우뚝 서 있었다.

그의 두 눈은 활활 타오르고 있었다.

"적이 쳐들어오고 있다! 모두 나를 따르라!"

을지룡은 앞장서서 몸을 날렸다.

상당한 신법이었다.

그 뒤를 금마옥의 무사들이 따랐고, 마지막으로 추산 일행이 뒤쫓았다.

그러나 얼마 가지 못해 간격이 벌어지기 시작했다. 두 달 동안 신법도 배웠지만 금마옥 무사들을 따르기에는 역부족이었다. 죽어라 달렸어도 거리는 더욱 벌어진다. 전쟁터에서 단일 대오가 형성되지 않고 길게 늘어지면 치명적이다. 뭉치면 죽고 흩어지면 무조건 죽는 곳이 전쟁터.

신법의 차이로 선두와 끝이 순식간에 오십여 장 가까이 늘어지고 말았다.

선두에서 날아가던 을지룡이 돌아서서 엿가락처럼 늘어져 오는 대원들을 보며 인상을 찌푸렸다.

이미 전통을 받아 알고는 있었지만 너무나 형편없다. 그러나 전쟁이란 주어진 여건에서 최선을 다해야 한다는 것이 지난 이십 년간의 경험이었다.

잠시 후 헉헉거리며 오대가 모두 모여들었다.

어떤 열악한 조건이라고 해도 장수는 부하들 앞에서 힘없는 소리나 나약한 표정을 지어서는 안 된다. 오히려 큰 소리로 부하들을 격려하고 용기를 북돋아야 한다.

강병이라고 해서 무조건 이기고 약병이라고 해서 지는 건 아니다.

"힘을 내라! 적이라고 해봤자 거지새끼들이다! 빌어먹는 거지들 말이다!"

을지룡은 거지새끼들이란 말에 힘을 주었다.

그러자 수하들, 특히 지금 막 전입해 온 수하들 눈에 생기가 돈다.

을지룡은 더욱 목소리에 힘을 실었다.

"너희는 강하다! 금마옥은 더욱 강하다! 자, 가자! 거지새끼들 죽이러!"

을지룡은 다시 달렸다.

그러나 조금 전과 달리 속도를 늦추었다. 자신이 늦추자 금마옥 무사들이 늦췄고, 추산 일행 또한 겨우 대오를 형성하며 보조를 맞추었다.

이윽고 조그만 산등성이에 올라서자 멀리 시커먼 평야가 나타났다.

온통 검은 모래밭, 사흑평이었다.

사흑평에는 엄청난 숫자의 사람들이 달려오고 있었다.

"으헉!"

"어, 엄청 많네."

떨리는 목소리들이 끊이지 않는다.

"그래 봤자 허수아비들이니라! 따르라!"

을지룡이 달려 내려갔다.

직접 두 눈으로 적을 확인하자 얼굴에 나타나는 노골적인 긴장과 두려움.

그러나 금마옥 무사들은 함성을 지르며 달려갔고, 추산 일행도 분위기에 휩쓸려 악을 쓰고 달려갔다.

"으아아아!"

"아구자자자!"

천지가 날아갈 듯한 함성에 빗소리가 속삭임으로 바뀐다.

평지에 내려선 일행은 다시 전열을 정비하였다.

상대 또한 전열을 정비하는 듯 진행을 멈춘다.

"저놈들은?"

"어, 진짜 개방 놈들 아냐."

다른 문파는 몰라도 개방에 대해서는 잘 알고 있어서인가. 상대가 개방이라는 것에 사내들 표정이 환해졌다. 적이지만 일단 친근감이 들었다. 대부분이 낙양 출신인데다 멀지 않은 개봉에 총단이 있었다.

"정신 차려라. 여긴 전장이고 저들은 너희의 목을 가차없이 벨 것이다."

을지룡은 긴장을 늦추는 부하들을 향해 단호히 말했다.

적을 보고서도 두려워하지 않는 것은 좋은 현상이다. 그러나 지금 추산 일행의 풀린 긴장은 힘이 굳센 병사에게서 발견되는 두려워하지 않음이 아니었다.

순전히 안면에 의한 풀림 현상이었다.

"저들은 너희를 불공대천지수라 여길 것이다. 아는 얼굴이 있더라도 멈칫한다거나 손에 사정을 뒀다가는 돌이킬 수 없는 후회를 부를 것이다. 전쟁에서 사정은 곧 나를 죽음으로 몰아넣는다."

투혼과 정신력을 무장시키기 위해 을지룡은 거칠고 자극적인 언사를 동원했다.

삐이이!

그때 빗속을 뚫고 휘파람 소리가 들려왔다.

순간 을지룡이 명령했다.

"엎드렷!"

일제히 바닥에 엎드렸다.

슝!

슈슈슝!

머리 위로부터 엄청난 파공음이 들리자 고개를 들어 올렸다.

"화, 화살이야."

피광이 놀란 눈으로 말했다.

추산 또한 눈을 크게 떴다.

엄청난 화살이 머리 위를 날아가 개방의 무사들을 향해 퍼
부어지고 있었다.
　산등성이에 숨어 있던 금마옥의 궁수들이 화살을 쏘기 시작
한 것이다.

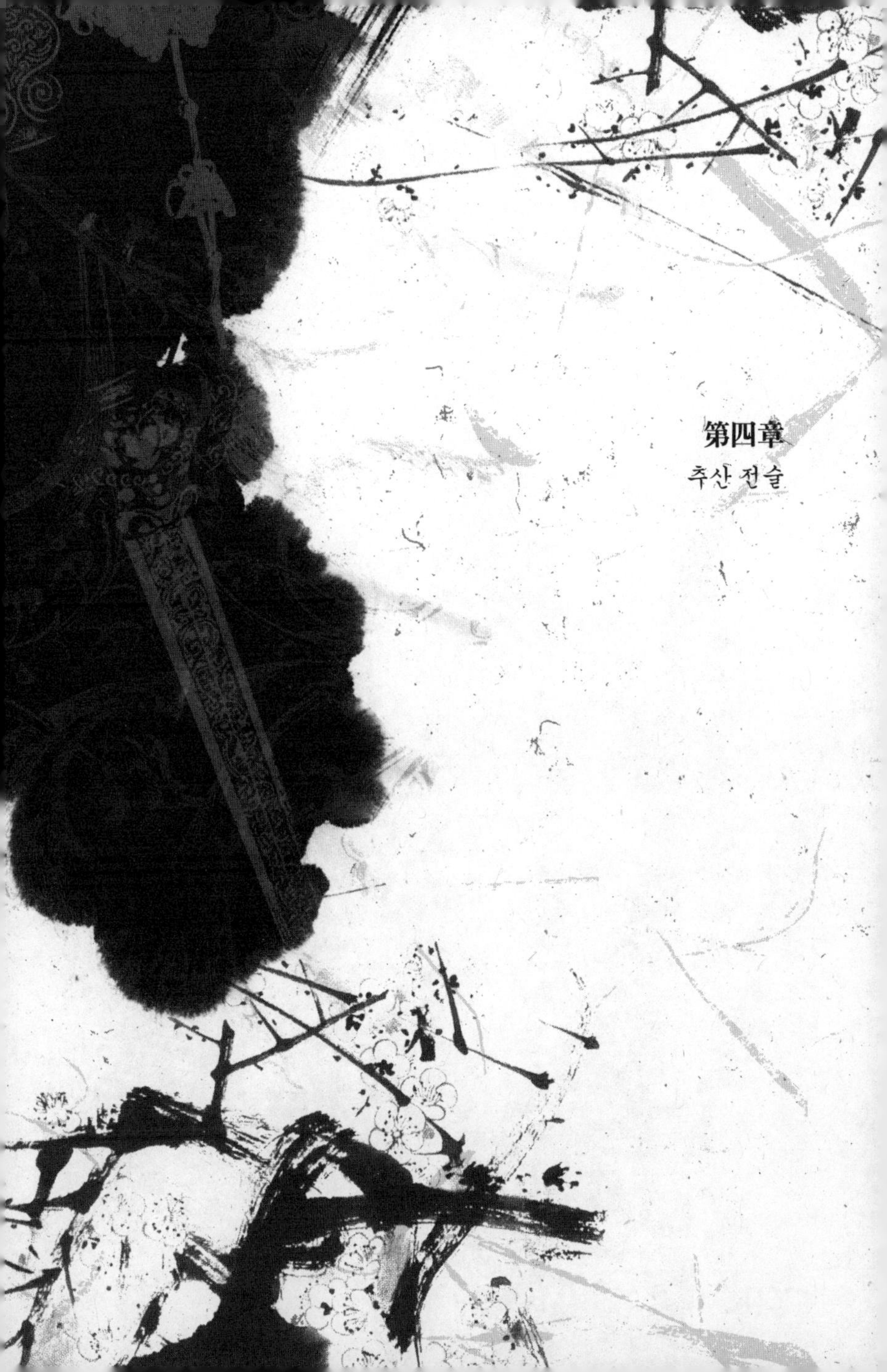

第四章

추산 전술

검명도살

　강호에는 활을 병기로 사용하는 무사들이 적지 않다. 그들이 지니고 다니는 활은 어지간한 고수는 잡아당길 수도 없을 정도로 강하다. 장력이나 검기 정도는 종잇장처럼 뚫어버리고 심지어 호신강기조차 관통하는 신궁의 소유자들도 있었다.

　금마옥의 궁수들이 사용하는 활은 금아동철(쪽牙銅鐵)로 만든 철궁으로 어지간한 철판은 쉽게 관통해 버린다.

　금마옥의 궁수대를 대비해 개방 또한 기존의 방패보다 철판을 한 겹 더 입혔다.

　그렇게 함으로써 화살을 막는 데 상당한 효과를 보고는 있었으나 대신 무거워진 방패는 순발력을 떨어뜨렸다. 찰나와 같이 날아오는 화살을 향해 방패를 빠르게 움직여야 하는데 둔해진다.

"크악!"

"컥!"

개방의 진영이 흐트러지기 시작했다.

한편 추산의 두 눈은 쉴 사이 없이 적진을 살피고 있었다.

개방의 무사들은 의결이 없는 백의개(白衣丐)가 많았다. 백의개는 갓 들어온 지 얼마 되지 않는, 제대로 개방의 절기를 배우지 못한 무사들이었다.

이쪽을 따지면 자신들과 별반 차이가 없다고 보면 된다.

이따금 개목(丐目), 즉 일결제자들도 눈에 띄었지만 백의개가 압도적으로 많았다. 그들도 전쟁이 오래가면서 마구 제자들을 끌어들였음을 보여주는 대목이었다.

단지 불리한 점은 숫자였다.

이쪽보다 두 배는 많았다. 예로부터 개방은 힘[力]보다는 수(數)의 문파.

그래도 상대는 정상적으로 무예 수련을 받았을 것이며, 특히 전장의 경험이 훨씬 앞선다.

유감이라면 이쪽은 두 달이란 짧은 시간을 이용해 기본 권술만 수련한 병사들.

그리고 또 한 가지, 전쟁은 철저한 분임(分任) 체제이다. 얼마나 분임 체제가 잘 이루어져 있느냐에 따라 강하고 약한 부대로 규정된다.

특히 투사, 또는 보사(步士)라고도 부르는 걷고 뛰는 병사들이 많아야 강하다.

투사는 거의가 적과 엉켜 싸우는 마구잡이 부대.

문제는 바로 공간인데, 너무 치열하게 뒤엉키면 어지간히 실력을 지닌 고수일지라도 제 실력을 발휘하지 못한다. 어떤 무공이든 위력을 드러내기 위해서는 최소한의 공간이 필요한데 바짝 붙어버리면 초식대로 펼칠 수가 없기 때문이다.

좁은 공간에서 붙잡고 치고 뜯고 박다 보면 자신보다 훨씬 약한 이에게 죽기도 한다.

"공격하라!"

궁수대의 공격이 멈추자 을지룡은 내공을 실어 외쳤다.

궁수대가 어느 정도 개방의 전열을 흐트러뜨려 놓았으므로 이제 투사가 동원될 시기이다.

"으와아아!"

"아자자자!"

기 싸움에서 밀리지 않기 위해 양쪽 모두 엄청난 함성을 지르며 달려간다.

선두에는 경험이 풍부한 금마옥 무사들이 섰다.

버언쩍!

꽈가강!

사흑평 위로 강렬한 빛이 관통하고 천둥소리가 작렬했다.

"죽여라아아!"

"잡졸 새끼들!"

서로 욕설을 내뱉으며 마침내 뒤엉켰다.

"으악!"

부딪치자마자 비명이 들렸다.

사망자는 예상대로 이쪽이 먼저 발생했다.

개방 무사들은 화살을 막았던 무거운 방패를 그 자리에 놔두고 타구봉만 들고 달려왔다.

방패가 없는 그들의 몸은 날렵했다.

"크아아!"

"윽!"

사망자가 속출했다.

대부분 금마옥 쪽, 특히 추산 일행이었다.

약하다기보다는 사람을 죽여 본 경험이 없다는 이유가 더욱 일방적으로 당하게 만들고 있었다. 개방은 치밀하게 준비를 한 듯 금마옥 무사들과 충돌을 피해 뒤에 있는 추산 일행을 노렸다.

을지룡의 얼굴에 당황한 기색이 역력했다.

개방의 무사들은 죽기 살기로 공격을 하는데 이쪽 무사들은 그냥 평범한 주먹질만을 해대고 있었다. 특히 주먹에 살기가 없다는 것이 더욱 문제였다.

"제기랄! 아니, 저놈들은 타구봉을 휘두르는데 우린 뭐야?"

피광이 흥분한다.

"이런 싸움은 칼질이 최고인데 그렇잖아. 이까짓 주먹질이 뭔 소용이 있냐고!"

　타구봉에 연신 동료들이 얻어맞고 죽어 나가자 피광은 추산에게 항변하듯 묻는다.

　백일도(百日刀), 천일창(千日槍), 만일검(萬日劍)이라던가.

　칼은 백 일이면 성격을 알고, 창을 알려면 천 일이 필요한데 검을 배우려면 만 일이 걸린다는 뜻이다.

　또한 한 치가 짧으면 죽음이 한 치 가깝다고 했다.

　그렇다고 병기를 지나치게 길게 하면 움직임이 둔해져 스스로를 해치는 살병이 되어버린다. 이래저래 병기 수련은 까다롭다.

　그에 비해 권은 익히기가 쉽다.

　자질이 있는 사람은 반년 만에도 상당한 명성을 얻기도 한다. 문제는 그 이후이다.

　제법 쓸 만한 주먹이라는 말을 들을 때까지는 누구나 쉽게 오르는데, 문제는 그 이후로는 발전이 더디다. 오죽하면 무일권치(無日拳治), 한없이 익혀도 다스려지지 않는다는 말이 나왔고, 만정체권(萬停滯拳), 만 일을 익혀도 제자리걸음이라고 하후천은 말하면서 단시일 내에 좋은 결과가 나오지 않더라도 실망하지 말고 끈기와 인내를 갖고 북두칠권을 수련하라고 했다.

　더군다나 병문(兵門)이라면 어쩔 수 없이 병기(兵技)를 가르쳐야겠지만 금마옥은 흑도, 아니, 천하가 인정하는 권문(拳門)이다.

검과 칼을 잘 쓰면 검신(劍神), 도황(刀皇), 도제(刀帝)라는 휘황찬란한 별호를 받는다.

그런데 권황, 권신은 좀체 나타나지 않는다.

하도 나오지 않고 그런 칭호를 받기 어렵기 때문에 어지간히 강하다 싶으면 슬며시 황(皇)이나 신(神), 제(帝)로 대접해 버린 것이 지금까지의 강호의 관례.

금마옥의 훈련소에서 두 달 동안 권이 아닌 병무(兵武)를 가르쳤다면 겨우 쥐는 법 정도일 것이다. 아니, 자질이 좋은 자들은 어느 정도 휘두르는 법까지는 갔을 것이다.

하나 가르치면 뭐할 것인가.

그런 볼품없는 솜씨에 적이 달려든다면 과연 어떤 행동을 보일지는 보지 않아도 훤했다.

보나마나 본능에 의해 마구잡이가 될 것이고, 그러다 적이 아닌 자기 병기에 자기가 당할 것이 뻔했다. 자신만 죽으면 다행이다. 애꿎은 아군을 죽일 수도 있었다.

"그래, 우리에게는 이게 딱이다. 덤벼, 이놈들아!"

피광은 기합을 지르며 달려들었다.

을지룡은 악을 쓰며 개방 제자 한 명의 머리통을 고의로 박살 냈다.

"죽여라! 죽여야 한다! 적이란 말이다, 적! 적!"

파아아!

머리가 수박처럼 쪼개진다.

ー이런 우라질!

심리전, 피를 보고 자극을 받으라는 의도된 공격.
그런데 어떻게 된 일인지 오히려 이쪽이 더 놀란다.
기가 막힐 노릇.
"싸워라! 죽여라!"
을지룡은 악을 쓰며 전장을 누볐다.
쉭!
거지 하나가 타구봉을 후려친다.
추산은 빠르게 돌아서며 왼 주먹을 뻗었다.
퍽!
거지의 타구봉은 허탕을 쳤고, 관자놀이에 뻗어 나간 추산
의 왼 주먹이 박혔다. 휘청거리는 거지를 향해 턱밑에 고정된
오른 주먹이 불을 뿜는다.
빠아악!
"꺼억!"
사내는 단발마를 터뜨리며 엎어졌다.
화악!
추산의 눈이 커졌다.
그동안 본의 아니게 칼질은 몇 번 해보았지만 사람을 죽여
보긴 처음이다. 아무리 전쟁터라고 하지만 가슴이 서늘해지며

자신도 모르게 마른침을 삼켰다.

추산이 놀라는 건 또 있었다.

조금 전 자신의 동작이었다. 상대의 공격을 발견했을 때 이미 피하긴 늦었다고 생각했다.

일곱 살 때부터 본의 아니게 싸우며 살아야 했다.

한번 집을 떠난 아버지는 빠르면 한 달, 늦으면 반년이 넘게 돌아오지 않는다. 이따금 생활비를 보내주긴 하지만 가뭄에 콩 나듯 한다.

결국 주린 배를 채우기 위해서 선택한 길이 저잣거리였다.

그곳은 사고파는 정상적인 거래가 이뤄지는 곳이기도 했지만 뺏고 빼앗기는 약육강식의 전쟁터이기도 했다.

물건을 팔기 위해 자리를 깔면 어디선가 귀신같이 나타나, 건방진 놈, 무슨 자격으로 장사를 하느냐며 폭력을 휘두르며 자리를 뒤엎는다.

처음에는 두들겨 맞았다.

그러나 어느 순간부터 싸워 이기지 않으면 굶어 죽을 수도 있다는 생각이 들었으며, 특히 아버지가 잔소리하듯 가르친 한마디가 추산을 완전히 바꿔 버렸다.

—뺏고 살지는 못해도 빼앗기며 살아서야 되겠느냐?

그때부터 추산은 물러나지 않고 싸우기 시작했다. 맞으면서도 달려들고 물어뜯었다.

피를 흘리면서도 물러나지 않는 저돌성에 하나둘 시선들이 바뀌었다.

싸움은 눈이다. 눈으로 상대의 움직임을 보고 내 몸을 반응시킨다.

눈이 빨라야 하는 것이다. 그런데 눈이 상대를 발견했을 때 타구봉은 자신을 향해 떨어지고 있었으므로 맞아야 정상이었다.

그런데 지금 눈보다 먼저 몸이 반응했다. 자신도 모르게 걸음이 옮겨졌으며, 주먹이 나갔고.

휙!

등 뒤로부터 들려오는 바람 소리.

타구봉이 떨어지는 소리다. 전쟁터가 아니더라도 이미 낙양에서 겪을 만큼 겪은 개방의 병기 소리.

낙양에서 같았으면 등 뒤에서 소리가 들리므로 당연히 돌아섰을 것이다.

스윽!

그런데 돌아보지 않고 몸이 옆으로 이동한 후 돌아섰다.

피한 후 돌아선 것.

퍽!

조금 전 자신이 서 있던 곳에 타구봉 한 개가 커다란 구덩이를 만들고 있었다.

왼 주먹은 또다시 자신을 헛친 거지의 명치에 송곳처럼 쑤시고 들어갔다.

“꺼르륵!”

급소인 명치에 일권이 박히자 거지는 피거품을 게워내더니 고꾸라진다.

자신이 지금 펼친 것은 사악칠권이다. 걸음만 북두칠권의 형에 따라 움직였다.

북두칠보(北斗七步).

북두칠권도 수련했지만 이곳에 도착하여 사악칠권이 전식이자 기초라는 것을 알면서 사악칠권 수련에 치우쳤다. 기초가 탄탄하지 않으면 아무리 훌륭한 무예일 지라도 그 위력은 초라해진다며 모찰은 힘주어 말했다.

파꽉!

연거푸 주먹이 불을 뿜고 두 명의 거지가 더 엎어졌다.

점차 자신의 주먹에 확신이 생겼다.

저잣거리 시절 주먹이 아니다.

빠르고 위력적이며, 더욱 중요한 것은 적의 공격이 온몸의 감각에 잡히며 본능적으로 북두칠보가 펼쳐진다는 것이었다.

“아이고!”

낯익은 비명 소리에 고개를 돌렸다.

피광이 개방의 일결거지와 일대일로 붙고 있는데 연신 타구봉에 두들겨 맞고 있었다.

추산은 득달같이 쫓아가 피광을 밀어냈다.

“흐흐!”

피광 대신 추산이 맞서자 거지가 웃는다.

"전쟁터에서 의리라. 미친놈."

쉿!

빠르게 떨어지는 타구봉.

그런데 추산은 피하는 게 아니라 파고든다. 타구봉의 길이는 조금씩 다르다. 어느 집단이든 직위와 무공이 낮을수록 병기를 길게 만드는데 개방 또한 별반 다르지 않았다. 타구봉을 길게 만들면 효과적일 것이라는 단순한 생각.

그런데 추산이 바짝 파고들자 타구봉은 허공을 친다.

뻐억!

한 방.

거지는 조용히 앞으로 고꾸라졌다.

시체가 늘어나면서 바야흐로 전쟁터다운 싸움이 벌어졌다. 하지만 경험과 숫자 모두 열세였다.

뒤늦게 악을 쓰며 흥분하고 몸부림치지만 상황은 시간이 흐를수록 금마옥에게 불리해졌다. 특히 싸움을 진두지휘하고 있던 지단주 권포 방추형의 얼굴은 납덩이가 되었다.

싸움이든 살림이든 한번 무너지기 시작하면 걷잡을 수 없다. 이 상태로 가면 전멸은 몰라도 참패는 불을 보듯 뻔했다.

도망을 친다고 해도 위험했다. 쫓아오는 개방 무사들의 신법이 빠르기 때문에 자살 행위일 가능성이 높았다. 도망친다고 모두 살아나는 것은 아니었다.

이미 몇몇 눈치 빠른 무사들은 틀렸다고 생각하는 듯 서서히 뒤로 빠지기 시작했다. 물론 그들은 경험 많은 금마옥 무사들이었다. 다행히 신입들은 경험이 일천하여 두려움을 느끼면서도 물러나지는 않는다. 어쨌든 서둘러 어떤 조치를 취하지 않으면 회복 불능의 치명타를 입을 것이다.

"단주님!"

개방의 무사 둘을 막 때려죽인 방추형의 고개가 돌아갔다.

제오대 대주 을지룡이 추산을 데리고 서 있었다.

"뭔가?"

방추형이 매섭게 물었다.

"이자가 할 말이 있다 합니다. 뭐하느냐? 어서 말씀드려라."

추산은 방추형을 향해 말했다.

추산의 말을 듣던 방추형의 눈이 좁혀지더니 다시 커졌다. 그건 추산의 말에 상당한 일리가 있다는 표시였다.

방추형의 고개가 을지룡에게 돌려졌다. 넌 어떻게 생각하느냐는 질문이다.

"소관은 시도해 볼 만한 전략이라고 생각합니다."

방추형의 고개가 주위를 살폈다.

이대로 나가면 이곳은 필패이다. 금마옥의 흑백 전선의 중앙이자 핵심에 있다. 그런데 중앙, 즉 허리가, 그것도 자신이 지키고 있는 곳이 무너진다는 것은 단순한 패배가 아니다. 자칫 삼십 년 전쟁에 패배의 원흉으로 낙인찍힐 수가 있었다.

"으아아악!"

"컥!"

그사이에도 부하들은 죽고 있었다.

불끈!

방추형의 주먹이 쥐어지더니 입술이 움직였다.

그와 동시에 개방의 무사들과 싸우고 있는 금마옥 무사들 귓가로 방추형의 전음이 바늘 끝처럼 파고들었다.

[놈들의 얼굴에 모래를 뿌려라. 닥치는 대로 뿌려라. 쓰러지는 척하며 눈치채지 못하도록 모래를 주워 뿌려라.]

사투(沙投).

또는 진전(塵戰)이라고도 부른다.

추산의 이 발상은 순전히 경험에서 우러난 것이었다.

상대와 싸우다 도저히 이길 수 없다고 판단이 들면 슬그머니 땅바닥에서 흙을 한 줌 쥐어 벼락같이 상대의 얼굴에 뿌린다. 갑자기 눈에 흙먼지가 들어간 상대는 눈을 뜨지 못하고 날뛴다. 추산은 지금까지 대여섯 번 사투의 경험이 있었는데 운좋게도 한 번도 실패한 적이 없었다.

한때 차오의 부하들이 그의 집을 공격했을 때 모래 대신 당초(唐椒) 가루를 뿌려 완전히 몰락시킨 적도 있고.

추산 또한 이대로 가다간 완패를 피할 수 없다고 판단하여 대주인 을지룡에게 자신의 생각을 말했고, 그렇게 작전은 펼쳐진 것이다.

—추산 전술!

방추형의 전음이 파고드는 순간 금마옥 무사들, 그중 신입 무사들이 떠올린 생각이었다.

최소한 낙양에서만큼은 사투술의 원조는 추산이었다. 추산의 사투술이 유행하다 보니 저잣거리 패거리들이 상인들을 협박할 때 멀리 거리를 두었다. 언제 흙먼지가 날아올지 알 수 없었으므로.

확!

촤악!

금마옥 무사들이 쓰러지는 척하며 일제히 모래를 집어 던졌다.

비록 비에 젖어 마른 날처럼 확실하게 퍼지지는 않았지만 흙과 달리 찰기가 없어 효과는 상상 이상이었다.

모래가 눈에 들어가면 제아무리 강한 고수일지라도 비명을 지르며 눈을 비비는 것은 본능이다.

"억!"

"내, 내 눈!"

개방 무사들이 양손으로 눈을 비비고 뜨기 위해 발악하는 사이 금마옥의 무사들은 일제히 공격을 가했다.

주먹으로 때리는 사람이 있는가 하면 늦었지만 끓어오르는 살기를 견디지 못하고 바위를 들어 찍는 사람, 넘어뜨려 놓고 양손으로 눈구멍을 찔러 버리는 사람, 개중에는 아랫도리 고환을 당겨 떼어버리는 사람도 있는 등 잔혹한 행동이 거침없이 일어났다.

빠악!

찌익!

와지지직!

찢고, 뜯고, 뚫고, 패는 무자비한 살육이 벌어졌다.

누구도 예상하지 못한 급습이고 반전이었다.

일방적으로 몰리던 싸움은 한순간 급반전되어 개방 무사들의 비명이 사흑평을 울렸다.

사투는 다른 전술과 달리 선수 치는 쪽이 무조건 우세할 수밖에 없다. 한번 눈에 모래가 들어가 버리면 끝장이기 때문이다.

"퇴각하라!"

급기야 개방의 지휘부에서 퇴각 명령이 떨어졌다.

개방의 무사들은 도주하기 시작했다. 하지만 눈을 뜨지 못해 휘청거리거나 비틀거렸고, 몇몇은 금마옥 무사들에게 붙잡혀 죽임을 당했다.

사망 마흔다섯, 부상 스물일곱.

사망자 중 무려 서른다섯 명이 새로 온 신입 무사들이었다. 부상자 또한 마찬가지였다. 스물두 명이 신입이었다. 일백 명 중 쉰일곱이 죽거나 다친 것이다. 무공이 약해서 죽기도 했지만 전쟁에 경험이 전무하다 보니 더 큰 피해를 불러온 것이다.

반면 발견된 개방의 사망자는 삼십 명이었다. 부상자는 데리고 도주했으므로 알 길이 없었다. 그나마 사투(沙投)가 아니

었다면 결과는 더욱 참혹했을 것이라는 게 지단주 방추형의
생각이었다.

회의가 열렸다. 지단주 방추형을 비롯한 다섯 명의 대주가
참석했으며, 일반 무사로서는 유일하게 추산이 끼었다. 사투
라는 듣지도 보지도 못한 전술로 기울어가는 전황을 가까스로
바로 세운 공이 참작된 일종의 포상의 자리.

모두들 지나가는 말이 아닌, 가슴으로 추산에 대한 칭찬을
토해내고 있었다.

그때마다 추산은 목례로 감사를 표했다. 그런 추산을 바라
보는 방추형의 눈빛이 아까부터 예사롭지 않았다.

추산이 세운 공이 어디 보통의 수준인가.

자신이라면 천지 분간을 못하며 기고만장했을 것이다. 그런
데 추산은 칭찬에 한참 민감하고 으스댈 나이인데도 불구하고
감정을 얼음처럼 다스렸다.

최악!

분위기가 달아올랐을 때 한 사내가 뛰어 들어와 방추형에게
한 통의 전서를 건넸다.

전서를 받아 펼친 방추형의 얼굴이 굳어졌다.

전서를 탁자 위에 놓자 대주들이 돌아가며 읽는데 신음이
터졌다.

"아!"

"으음!"

추산은 오대주가 읽을 때 슬쩍 어깨너머로 훔쳐보았다.

네 개 지단 완패.

　흔히들 전입작전(戰入作戰)이라고 부른다. 막 들어온 신입 무사들은 정신적으로나 육체적으로 전혀 전쟁에 적응이 되어 있지 않다. 아무리 훈련이 잘되었다고 해도 벼락같이 덮치면 움츠려 들고 두려워한다. 한마디로 얼어버리는 것이다.
　결국 신입 무사들은 싸워보지도 못하고 죽거나 살아남아도 정신 분열 증세를 보이며 무사로서의 가치를 완전히 상실한 자가 적지 않게 발생한다.
　다섯 개의 지단으로 나뉘어 개방과 전선을 형성하고 있는데 네 개 지단이 이번 전입작전으로 궤멸에 가까운 피해를 입었다는 소식.
　"외람되지만 한 가지 물어도 되겠습니까?"
　추산이 입을 열었다.
　방추형이 고개를 끄덕인다.
　"이런 일이 자주 일어나는지요. 신입 무사들이 증원될 때마다 적의 침공 말입니다."
　전입작전이 자주 벌어지느냐는 질문에 방추형은 무겁게 고개를 끄덕였다.
　"하오면 이쪽에서도? 속하의 말은 개방에 새로운 무사들이 증원될 때 우리 또한 공격이 있었느냐는 것입니다."
　"물론이다."

전쟁은 혼란하다. 그래서 양쪽 모두 첩자가 활동하고 있다. 중요한 비밀 작전을 위해 움직이는 소규모를 제외하고는 이번처럼 새로운 병력, 특히 대규모의 이동은 적의 이목을 절대 피하지 못한다.

좌악!

또다시 한 사내가 뛰어들어 오더니 정신 이상을 보이는 무사들이 속출하고 있다고 보고했다.

일대주가 신속히 뛰어나갔다.

추산의 사투작전으로 잠시 훈훈했던 막사 공기는 삼지단을 제외한 나머지 지단들의 완패 소식에 얼어붙었다.

"예상보다 심각합니다. 열세 명이 집에 가고 싶다고 울고 있습니다."

잠시 후 나갔던 일대주가 들어와 보고했다.

방추형의 얼굴이 더욱 굳어졌다.

문득 며칠 전 대본영 회의에 참석했을 때 모찰이 했던 얘기가 떠올랐다.

―승패는 이미 기울어졌다.

그는 돌이킬 수 없음을 예견하고 있었다.

비가 그친 밤하늘은 맑았고 별이 총총했다. 추산은 막사를 빠져나와 조그만 공터에서 사악칠권에 매달렸다.

오늘 처음으로 실전에서 보았던 사악칠권은 마음에 들었다. 그런 까닭인가, 신이 나고 재미가 있었다.

추산은 백의개 세 명과 일결 한 명을 죽였다. 백의개라고 해도 우습게 볼 인물들이 아니다. 삼 년 동안 의결이 주어지지 않는 제자를 백의개라 하는데 삼 년까지는 몰라도 조금이라도 정식으로 개방 무예를 배웠으리라는 것이 추산의 생각이었다. 즉, 정식 무사를 자신이 때려눕혔다는 생각에 웃음이 그치지 않았다.

더구나 일결제자 한 명을 보냈다.

일결(一結), 분타주가 삼결이니 낮지 않는 직위의 무사이다.

"허험!"

자꾸 우쭐해진다.

이 맛에 무예를 익히나 싶다.

재미가 있어서인가, 주먹은 갈수록 부드러워지고 발놀림은 미끄럼을 탄다. 밤이 깊어가는데도 내일을 위해 그만 쉬어야겠다는 생각보다는 더 수련하고 싶은 의지가 앞섰다.

─타(打), 분(粉), 작(斫), 규(刲), 패(孛), 월(鉞), 류(流).

사악칠권.

분식(分式)이며 연식(連式)이다.

일식 타는 때리는 것이다. 일반 주먹과 같다. 그러나 이식 분은 뭉갠다. 그건 곧 파괴력이 일식보다 강해진다는 의미이다.

삼식 작은 베는 식. 칼이 아닌 주먹이 벤다는 것은 상처에 예리함을 남긴다는 뜻이다. 주먹이 베었다면 어떤 형태일까.

규는 찌름이었다. 주먹이 칼처럼 몸속으로 파고든다.

패는 빛이다. 뭐든지 빠르면 공기와 마찰이 일어나면서 빛이 생긴다던가. 패는 쾌권(快拳), 즉 빠름이었다.

월은 도끼이다. 뭐든지 쪼개고 자르고 부수는 도끼의 위력. 어떤 주먹일지 충분히 이해가 간다.

류는 최후의 식으로 흐름이다. 앞의 육식을 하나로 뭉친 것인데 부드럽다.

바람이요, 흐르는 물이고, 가는 대로 간다.

여기에 이르면 바야흐로 북두칠권을 익히는 완벽한 기초가 마련된다.

모찰은 일곱 가지 사악칠권만으로도 흑도를 다스리는 천주가 되었다. 북두칠권의 기식(基式)만으로.

주먹인가. 바람인가. 물결인가. 낙화인가. 어둠이 출렁대며 가슴이 콩닥콩닥 흥분의 춤을 춘다.

뚝!

어둠을 흘러다니던 추산의 주먹이 멈춘다.

누군가 보고 있다.

어떤 기척이나 소리를 들어서가 아닌, 등줄기를 타고 흐르는 서늘한 기운이었다.

추산은 천천히 몸을 돌렸다.

자신의 느낌은 정확했다. 십여 장 밖 어둠 속에 한 인물이 우뚝 서 있었다.

　적은 아니다. 적이라면 보고 있었겠는가.

　그러면서 추산의 입가에 떠오르는 미소.

　―도대체!

　자신의 신체의 변화에 정신을 차릴 수가 없다.

　개방의 무사들을 때려눕힌 데 이어 십 장 밖에 서 있는 사람의 기척을 알아차리다니 가슴으로 후끈한 태풍이 분다.

　―기감(氣感)과 육감(肉感)이 있다.

　기감은 흔히 내공에 의해 주위 사물을 감지하는 것을 말한다. 당연히 내공이 높으면 감각기관도 따라 예리해진다. 좀 더 깊고 멀리까지 인기척을 비롯한 여러 가지 주위 환경과 소음을 알아차리는 반면 육감은 철저한 본능에 의한 것이다

　육감이 발달한 대표적인 부류가 짐승들이다.

　그들은 철저히 본능으로 위기를 느끼고 사냥꾼의 기척을 알아차린다.

　정상적으로 운기조식을 취하며 내공을 수련한 적이 없다고 해서 내공이 전혀 없는 것은 아니다. 인간은 누구에게나 내공이라는 것이 존재한다.

　특히 건강한 사람일수록 몸속을 흐르고 있는 내공은 강하

다. 하지만 무림인처럼 체계적으로 내공을 쌓고 얻는 사람에
게 비교할 수는 없지만 말이다.

귀로 듣고 코로 냄새를 맡지도 않았는데 누군가 자신을 바
라보고 있다는 것을 본능적으로 알아차렸다는 것은 무조건 육
감이라고 해야 했다.

─위험한 삶을 살아온 사람일수록 육감은 발달한다.

외줄을 타는 사람은 주위 변화에 민감하다고 부친이 말했
다.

그렇다면 자신은 외줄을 타며 살아왔을까. 그러다 보니 자
신도 모르게 몸의 감각이 다른 사람에 비해 예민하고 발달된
것인가.

최소한 아버지의 직업을 알면서부터 애를 태운 것은 분명했
다. 돌아온다는 약속 날짜에서 하루만 지나도 밤을 새우며 기
다렸고, 온갖 불길한 생각에 가만있지를 못했다.

그리고 저잣거리를 드나들면서 부딪친 처절한 생존경쟁.

살기 위해 적을 만들었고, 적으로부터 위험을 막기 위해 주
위를 살피고 한 번도 긴장을 풀어본 적이 없는 생활이 짧은 인
생이지만 지속되다 보니 지금과 같은 현상을 만든 것인가.

흑영은 방추형이었다.

가까이 다가오자 술 냄새가 훅 끼친다.

"하겠느냐?"

손에 호리병이 들렸다.

추산은 점잖게 사양했다.

"너도 같을 것 아니냐?"

방추형이 한 모금 털어 넣는다.

추산은 무슨 뜻인지 몰라 눈을 크게 떴다.

방추형이 다시 말했다.

"저들과 같지 않느냐는 얘기니라."

"맞습니다."

다른 신입들과 똑같이 금마옥의 모집에 응해 들어온 용병이 지 않느냐는 물음이다.

"들어오기 전에 무공을 배웠느냐?"

"배운 적은 없고 무인들의 싸움은 몇 차례 보았습니다."

"부모는 뭐하느냐?"

"장사꾼입니다."

누군가 부모에 대한 질문을 해오면 대충 얼버무렸다.

"정말로 지금 펼쳐 보인 사악칠권을 본 옥에 들어와 배웠단 말이지? 두 달 동안,"

"예!"

"정말이라면 대단하구나. 내 눈에는 최소한 일 년 이상 수련 한 사람처럼 보인다."

방추형이 목소리에 적지 않은 흥분이 담겨 있었다.

"나 또한 사악칠권에 매달린 지 수십 년이 되었지만 아직 십 이성에 이르지 못하고 있다. 아니지. 솔직히 말한다면 이해가 많이 부족하다. 내가 알기로 옥주님조차도 사악칠권을 완벽하게 해석해 내지 못한 것으로 알고 있다."

추산의 눈이 커졌다.

사실이라면 완벽하지 않은 사악칠권으로 흑도를 다스리고 있다는 뜻이며, 그건 곧 사악칠권이 예상보다 훨씬 강하다고 해석해야 했다. 그런 사악칠권이 북두칠권의 기초라니.

"정말 아쉽구나."

방추형은 한숨을 내쉬었다.

어둠 속이지만 눈에 보일 만큼 드리워진 절망의 그림자를 추산은 짐작했다.

그건 머잖아 악마의 그물처럼 씌워질 패전이라는 악몽을 떠올릴 때 나타나는 그림자였다.

밀리던 전쟁은 전입작전의 패배로 완전하게 기울어졌다. 아쉽다는 의미는 뛰어난 자질을 갖고 있는 추산이지만 죽을 가능성이 높다는 안타까움이었다.

"그렇다고 포기할 수는 없지 않겠습니까?"

추산이 다부지게 입을 열었다.

"포기할 수는 없다."

방추형이 빙긋 웃는다.

벌컥!

방추형은 호리병의 술을 마셨다.

취기 가득한 눈빛이 어둠 속에 잠긴 막사를 바라본다.

어찌할까. 현명한 장수는 패전에 대한 대비를 잘해야 한다고 모찰은 강조했다.

자신이 할 수 있는 패전에 대한 대비란 한 가지뿐이다.

흑백의 전쟁은 삼십 년을 끌었다. 오랜 전쟁은 서로에 대한 혈한의 두께를 용서할 수 없도록 쌓았다. 절대 패한 쪽의 무사들을 살려두지 않을 것이다. 강호에는 분명 포로를 죽여서는 안 된다는 법이 있지만.

처척!

갑자기 방추형이 가까이 다가왔다.

그러더니 주위를 날카로운 눈으로 훑는다.

뭔가를 경계하는 눈빛이었다. 이윽고 주위에 다른 시선이 없다는 것을 확인한 듯 낮은 목소리로 말했다.

"추산이라고 했지? 도망쳐라."

흠칫!

"기회는 지금뿐이다. 여기 있어 봤자 불행만 닥칠 뿐이다. 내가 알아서 실종으로 처리하겠다."

전쟁터에서 도망치면 탈영이 된다.

탈영은 무조건 처형이다. 심지어 탈영병만을 전문적으로 추적하는 집단이 있고, 아무리 꼭꼭 숨어도 반드시 잡힌다.

그런데 장수가 수하에게 탈영을 부추기고 있다.

"난 지금 널 생각해서 말하고 있다. 이건 내 진심이다. 대신 한 가지 부탁이 있다. 평생 너의 사문은 금마옥이라는 것을 잊지 말아다오."

이제 드러났다.

왜 방추형이 자신에게 도망을 치라고 부추기는지 밝혀진 것이다.

방추형 역시도 모찰과 같은 생각을 하고 있었다. 단지 차이점이라면 모찰은 전쟁터로 자신을 보냈지만 방추형은 빼내주려 하고 있었다.

모찰은 전쟁터의 위험성을 몰라서 자신의 제자로 삼았으면서도 보냈을까. 그리고 방추형은 위험성을 알기에 도망치라고 권유할 것일까.

방추형은 절대 자신이 모찰의 제자, 금마옥의 차기 옥주라는 사실을 모른다.

어쨌든 둘에게는 분명한 공통점이 있었다.

추산을 보는 눈이었다. 추산만 있다면 이 전쟁에 패해도 결코 금마옥, 나아가서는 흑도의 미래는 어둡지 않다는 것이었다.

단지 모찰이 자신을 전쟁터로 밀어 넣은 것은 패전의 위기로 빠져들자 수많은 배신의 움직임이 주위에 감지되고 있기 때문이었다.

그런데 자신을 빼돌리면 뭔가 둘 사이에 묵계가 있다는 것을 알아차릴 것이고, 배신자들은 추산을 앞다퉈 붙잡아 개방, 나아가 정도무림에 넘길 것이다.

그건 추산을 돕는 것이 아니라 죽음으로 몰아넣는 일이기에 모찰은 전쟁터로 밀어 넣은 것이다.

모찰은 추산의 운명을 하늘에 맡겼다.

이른바 눈물을 머금은 생사의 도박을 벌인 것이다.

그에 비해 방추형은 안전한 길을 택한다.

그러나 추산은 방추형의 방식이야말로 단순하다는, 즉 아주 위험하다는 것을 알고 있었다.

사람처럼 교활한 동물이 없다고 귀가 아프도록 아버지로부터 듣고 자랐다.

이미 패전의 징후를 느낀 이곳 또한 곳곳에 배신의 기회를 노리는 자들이 득실거릴 것이다.

그런 자들이 갑자기 자신이 사라지면 가만있겠는가. 물론 그걸 알고 있기에 야밤에 도주하라고 방추형이 말하지만 이미 시기적으로 늦었다.

그리고 더욱 중요한 것은 도망치고 싶지 않다는 것이었다.

—수련은 실전처럼.

모든 문파가 그렇게 노래를 부른다.

하지만 죽었다 깨어나도 실전처럼 수련되지 않는다. 죽이지 않는데 어떻게 실전처럼 수련이 되겠는가. 그에 비해 이런 전쟁터야말로 실전이고 아차 하는 순간 죽는다. 편한 곳에서 십 년 수련하는 것보다 이런 곳에서 일 년 수련하는 것이 훨씬 효과적임을 이미 단 한 번의 싸움에서 추산은 느끼고 있었다.

죽지 않으려면 발작적으로 싸워야 했다.

게거품을 물며 수련하고 필사적으로 매달리는데 실력이 어찌 늘지 않고 배기겠는가. 어떤 사람은 수련을 위해 자신보다 강한 사람을 찾아가 시비를 걸기도 한다는데.

탁!

방추형이 어깨를 짚는다.

"미안하다. 내가 생각이 짧았구나. 창피하기도 하고."

방추형이 고개를 끄덕였다.

"부디 살아나라. 아니, 꼭 살아야 한다. 끝까지."

탁탁!

어깨를 힘차게 두드리며 방추형은 돌아섰다.

*　　*　　*

산이 붉어지고 있었다. 중원에서도 북쪽이기에 가을이 빨리 찾아왔다. 아침저녁으로는 제법 춥다 보니 양지녘을 찾는 무사들이 늘었다. 차라리 한겨울이라면 불이라도 피우겠지만 아직은 가을인데다 전쟁 중이다.

연기는 적에게 이쪽의 움직임을 노출시킬 뿐 아니라 규모까지 제공하는 우(愚)이다.

전쟁은 보름째 소강 상태에 있었다.

그 소강 상태가 오래 지속되자 황보세가의 수뇌부는 두 가지 해석을 내렸다.

승부수(勝負手)와 패수(敗手).

모든 전력을 가동하여 마지막 일전을 준비하거나, 아니면 더 이상 돌이킬 수 없음을 인정하고 항복을 준비하는 것 아니냐.

후자일 경우 당연히 치열한 격론이 따를 것이다. 항복을 하자는 쪽과 죽더라도 항복은 안 된다는 쪽.

어쨌든 그러다 보니 시간이 흐르고, 이쪽은 그사이에 전력을 재정비하며 느긋한 여유를 보내고 있었다.

이제 백도는 승전을 기정사실화했다.

양지녘에 앉은 황보세가의 무사들 얼굴에 자주 웃음이 떠올랐지만 단 한 사람만은 예외였다.

"참, 무공에 무슨 한이 맺힌 것도 아니고."

"잠도 잘 안 잔다면서?"

"말도 마. 며칠 전 잠을 자다 뒤가 마렵지 뭔가. 그래서 부랴부랴 뒷간을 갔는데 하마터면 빠질 뻔했네."

"왜?"

"아, 글쎄, 저 친구가 옆 칸에서 볼일을 보면서 찌르기 연습을 하는데 어찌나 놀랐던지. 생각해 보게. 가뜩이나 어둡고 음침한 뒷간에서 뭔가 쉭쉭 하며 뻗어가는데 자네 같으면 안 놀라겠나?"

"그런데 말일세."

구레나룻을 한 삼십 초반가량의 사내가 입을 열었다.

"이상하지 않나? 저 친구, 왜 하고 많은 본가의 도법 다 놔두고 죽어라 일류선만 수련할까?"

그들에게서 이십여 장가량 떨어진 조그만 공터에 추작도가 혼자 찌르기 연습을 하고 있었다.

"내 말이 그 말일세. 싸움을 하다 보면 찔러야 할 때가 있고 베어야 할 때가 있고 후려칠 때가 있는데 쟨 왜 죽자 사자 찌르기만 하냐고?"

"내버려 둬. 거지도 제 맛에 깡통 두 개 찬다는데 쟤도 그러겠지. 아니면 조상 중 누군가 찔려 죽어 그게 한이 되었다거나."

"크크크! 조상 중 누군가 찔려 죽어 한이 되었다. 좋은 말이야."

"아무튼 저 친구, 끈기 하나는 칭찬하고 싶어. 난 저 친구가 크게 되리라고 믿네. 최소한 찌르기 하나만은 강호에서 우뚝 서리라고 확신해. 달만가 장삼봉인가 그랬다잖은가. 잘 찌른 칼, 열 배는 검을 앞선다고."

"하하하!"

"호호호!"

사내들이 웃는다. 그러나 그건 야유였다.

작전회의를 마치고 나온 사조 조장 모용탄의 표정은 아주 밝았다. 대본영으로부터 날아온 소식은 하나같이 밝고 희망찬 것들이었다. 전쟁은 끝났다고 해도 좋았다.

—지긋지긋한 전쟁 같으니.

어서 빨리 돌아가고 싶었다.

고향 마을 입구에 서 있는 벽오동(碧梧桐) 나무는 그대로 있는지, 친구들과 뛰어 놀던 뒷동산 부엉이바위는 여전히 높을지.

하나 그보다 자신이 돌아올 때까지 기다리겠다고 손가락 걸었던 여인은 정말로 지금까지 다른 사내에게 가지 않고 기다리고 있을까. 기다리고 있다면 올해 나이가 서른둘이다.

뚝!

모용탄의 발걸음이 멈췄다.

그의 고개가 지면을 향했다.

—아니!

지면을 주시하는 모용탄의 눈이 커졌다.

지면에는 누군가 부유(蜉蝣:하루살이)를 무더기로 부어놓은 듯 수북했다.

부유는 죽은 지 오래되어 말랐다.

부유의 무더기는 한두 개가 아니었다.

모용탄은 무더기 앞에 쭈그리고 앉았다.

스윽!

부유 몇 마리를 주워 손바닥에 올려놓고 살폈다.

깨알만 한 아주 작은 부유.

모용탄은 내공을 끌어올려 안력을 높였다.

팟!

손바닥 위에 올려진 부유를 살피던 모용탄의 눈에서 섬광이 피어났다.

―자흔(刺痕)!

부유의 몸에는 미세한 상처가 나 있었다.

아주 날카로운 작은 바늘이 찌른 것 같은 상처.

부유마다 상처 부위가 달랐다. 날개가 잘려 떨어진 것, 옆구리가 뚫린 것, 머리가 잘려 나간 것, 단 한 마리도 동일한 곳에 상처를 입지 않았다.

잠시 부유를 살피던 모용탄의 시선이 삼 장쯤 떨어진 곳에 머무른다.

그곳에도 부유 무더기가 있었다.

부유는 반드시 집단과 집단 사이에 거리를 두고 난다.

처벅!

걸음을 옮겨 두 번째 무더기로 걸어갔다.

역시 허리를 숙여 죽은 부유를 손바닥 위에 올려놓고 보았다.

꿈틀!

모용탄의 눈썹이 파도를 친다.

앞선 부유들의 상처가 중구난방이었다면 이번 것의 상처는 어느 정도 일률적이었다.

　대부분의 부유들이 왼쪽 날개가 잘려 나가 있었다. 물론 오른쪽 날개가 잘린 것도 있었지만 칠 할 정도는 왼쪽 날개다. 누가 봐도 처음과 달리 이번 부유는 왼쪽 날개를 목표로 칼을 휘둘렀음을 알 수 있었다.

　모용탄의 두 눈이 조금씩 살아나고 있었다.

　그것은 흥미였다. 모용탄은 주위를 두리번거리다 세 번째 무더기를 발견하고 걸어갔다.

　'음!'

　세 번째 무더기를 살피던 그의 입에서 급기야 신음이 흘러나왔다. 아무리 살펴도 오른쪽 날개가 잘린 건 없었다. 모조리 왼쪽 날개가 잘려 나갔다. 그것은 두 번째보다 세 번째 칼의 솜씨가 더 높아졌음을 암시하고 있었다.

　수북한 부유 무덤은 곳곳에 있었다.

　가을이 깊어가고 있었기 때문에 곳곳에 부유가 군(群)을 형성하여 날고 있었다.

　부유들은 날씨가 더 추워지기 전에 물속에 알을 낳고 죽는다. 그래서 계절적으로 이때의 움직임이 가장 활발하다. 부유의 움직임이 활발하다는 것은 가장 빠르게 움직인다는 얘기이기도 하다.

　부유의 상처는 갈수록 매끈하다. 높은 도객일수록 상대를 깨끗하게 벤다. 심지어는 아름답게 베었다는 표현을 서슴지 않는다.

　모용탄은 한곳에 시선을 고정했다. 연무장과 숲이 이어지는 경계 지역에서 한 사내가 칼을 휘두르고 있었다.

─추작도!

이곳 지단에서 최고의 괴짜로 불리는 인물.

그는 지난 이십여 회의 전투에서 유일하게 살아남은 자였다. 같이 전입해 온 인물들은 모조리 사망했다.

부상은 몇 번 입었지만 항상 거뜬했고, 특히 두 번에 걸친 첨초(添初) 작전에 나가서도 살아 돌아왔다.

첨초는 가장 위험한 작전이다.

은밀히 적진으로 침투하여 수뇌부를 암살하거나 적이 사용하는 우물과 음식 등에 독을 풀어 치명타를 안기기도 하고, 상황을 아군 본대로 통지하여 무찌르게 하는, 고도로 치밀하면서도 살아 돌아올 확률이 떨어지는 위험한 임무이다.

성공을 하면 적의 사기는 급전직하하고, 이쪽은 상승세를 타며 일거에 적을 궤멸시킬 수도 있다. 반면 첨초가 발각되어 몰살하거나 포로로 잡히면 이쪽의 사기는 나락이며 전세가 삽시간에 바뀐다.

第五章
날로 뻗는 칼 빛

검명도살

한 번씩 첨초로 나가면 보통 여섯, 일곱이 동원된다.

성공을 해도 귀대율은 절반이 채 되지 않는데 추작도는 꼿꼿하게 살아 돌아왔다. 거기다 남들은 기피하는데 추작도는 항상 앞장서서 자원했다. 오죽 했으면 동료들 사이에서 자살하기 위해 온 놈이라는 말을 들을까.

"추웅!"

모용탄이 다가오자 추작도가 포권의 예를 취했다.

추작도의 얼굴은 땀으로 범벅이 되어 있었다.

여전히 추작도의 발아래에는 그의 칼에 죽은 부유가 수북이 쌓여 있었다.

모용탄은 바닥에 떨어진 부유를 한줌 집어 들었다.

지금 막 죽인 부유들이어서 풋풋하기까지 했다.

화악!

부유를 살피던 발아래의 눈이 섬광처럼 피어났다가 닫혔다.

부유의 좌우 날개가 잘려 있다. 자세히 보면 잘려나간 날개 크기에 약간씩의 차이는 있었다. 하지만 지금까지는 한쪽 날개만을 베었는데 지금의 부유는 두 개의 날개를 잘라냈다.

부유의 날갯짓.

한 호흡에 몇 번씩 움직이는지 세어보지는 않았지만 그 속도는 상상을 초월한다.

'으음!'

부유가 아무리 작고 날갯짓이 빠르다고 해도 고수라면 누구든지 죽일 수 있었다.

중요한 것은 깨알보다 작은 부유의 날개를 베었다는 것.

너무 작기 때문에 몸을 벨 수도 있고 다른 부위를 얼마든지 상처 입힐 수도 있다.

추작도의 손에 쥐어진 것은 바늘이 아니라 칼이었다.

아무리 끝이 뾰쪽해도 부유에 비하면 비교가 안 될 만큼 큰데 그토록 큰 칼 끝으로 날개를 정확히 잘라 떨어뜨렸다는 것은 놀라움을 넘어 충격임에 틀림없다.

"계속 하거라."

모용탄은 직접 보고 싶었다.

추작도가 머뭇거렸다.

모용탄은 괜찮다는 듯 미소를 띠며 추작도를 향해 고개를 끄덕였다.

"하오면!"

추작도는 간단한 예를 취한 후 허공에 실타래처럼 엉켜 날고 있는 부유를 향해 칼을 찔렀다.

쉭!

상당히 빠르다.

하지만 부유를 찌르는 것을 볼 수 없었다.

모용탄은 내공을 서서히 끌어 올려 안력에 집중시켰다. 그러자 추작도의 칼질이 자세하면서도 느리게 보였다.

행완동시(行緩動視), 어떤 물체의 움직임을 아주 자세하고 느리게 볼 수 있는 안공(眼功)의 하나.

고수라고 펼칠 수 있는 것이 아니라 행완동시라는 절기를 따로 배워야 한다.

'저, 저런!'

추작도의 칼이 뻗어갔다.

수백, 아니, 수천 마리 부유가 까치집처럼 엉켜 난다.

모용탄이 놀라는 것은 그토록 많은 부유인데 추작도의 칼은 목표한 것의 날개만 찌르기 때문이었다.

툭!

비록 안쪽에서 날아다니는 것이 아닌 외부의 것부터 찌르고 있지만 그건 실로 놀라운 일이 아닐 수 없었다. 자신도 황보세가의 도법에 대해 상당히 해박하고 찌르기에 일가견이 있다고 자부하지만 과연 추작도의 도위(刀威)를 흉내 낼 수 있을까.

최소한 찌르기만은 자신이 없어진다.

툭!

투툭!

부유는 연거푸 떨어졌고 정확히 날개가 잘렸다.

그리고 또 다시 펼친 행완동시에 걸려든 모습 하나가 있었다. 분명 한 번 찔렀다. 싸움으로 따진다면 일 초식을 펼친 것이었다. 그런데 칼끝은 두 번 움직여 부유의 좌우 날개를 잘라냈다.

혹자는 부유가 워낙 작기 때문에 한 번에 두 개의 날개를 충분히 잘라낼 수 있다고 생각할지도 모르지만 천만의 말씀이었다. 부유의 날개는 아랫배에 붙어 있다. 한 번에 찌르려 했다가는 몸통까지 잘라 버린다. 그런데 몸통은 놔두고 좌우 날개만 잘라냈다. 그렇다면 추작도의 칼은 한 가지 사실을 정확히 증명하고 있었다.

'와풍도(渦風刀)닷!'

상대를 찌르는 순간 칼을 회전시키는 것을 말한다.

가끔 거도(鋸刀)를 쓰는 자들이 있다. 칼날을 톱니처럼 만들어 베거나 찌르거나 할 때 상대에게 더욱 큰 상처를 입히려는 목적으로 갖고 다니는데 거도는 사마외도의 병기로 낙인 찍혀 있었다.

날이 톱니처럼 생겨 도기(刀氣) 또한 울퉁불퉁 발생하고, 주위 공기의 파장 또한 들쑥날쑥하여 무자비한 공격 효과를 낳는 등 사람을 죽이는 데 일반 칼보다 훨씬 독하고 잔인한 이점을 많이 지녔다.

와풍도는 거도가 아니지만 같은 효과를 낸다. 와풍도라는 절기가 따로 있지는 않다. 오직 수련에 의해서만 만들어진다.

누구나 상대를 찌를 때는 온 힘을 쏟는다. 모든 힘은 앞으로 직진 하려는 성질로 매몰되어 있다. 이때 손목을 비튼다는 것은 자칫 탈골이나 근육의 파손을 불러올 위험이 있었다. 강력하게 앞으로만 뻗어나가는 힘을 갑자기 뒤틀어 버리기 때문이었다.

와풍도를 익히지 못하는 이유는 바로 이 순간 때문이다. 탈골은 붙이면 되지만 근육 파열은 치료가 되어도 전보다 약해진다. 무사에게 약한 근육은 치명적.

와풍도와 비슷한 도법 중 탄도(彈刀)라는 것이 있다. 탄검이라고도 하는데 강한 내공에 의해 칼이나 검이 강력한 떨림을 보여 엄청난 파괴력을 일으키는, 그야말로 절정의 무공이다.

후자는 무공의 경지이지만 와풍도는 두 번 다시 칼을 잡기를 포기할 각오를 하지 않고서는 터득할 수 없다.

모용탄은 추작도의 칼을 살폈다.

날이 잘 서 있는 칼, 절대 거도가 아니다.

극히 짧은 거리지만 가운데 몸통이 있어 쉽게 벨 수 없는 부유의 날개.

'한 마리이지만 좌우에 붙은 날개, 즉 두 개의 표적을 동시에 공격할 만큼 빠른 와풍도를 시전하려면 일이 년 수련으로 되지 않는다.'

최소한 십 년 이상 각고의 노력이 아니면 흉내를 낼 수 없으며 어쩌면 탄검이나 탄도보다 훨씬 어려운 게 와풍도라는 것이 강호의 정설이었다.

내공의 힘을 빌리지 않고 순전히 노력으로 얻어진 기예.

스무 살의 젊은 청년 노독수.

사부는 추운도수, 칼에 상당한 일가를 이뤘지만 그가 와풍도를 쓴다는 말은 들어 보지 못했다.

열 살의 아이가 깊은 뜻이 있어 와풍도를 수련했을 리는 없고 결국 사부 추운도수의 뜻을 받들어 배웠다고 생각해야 한다. 추운도수는 왜 자신의 절기가 아닌 와풍도를 가르쳤을까.

의문은 꼬리를 물고 이어졌다.

그러나 끝내 속 시원한 답은 얻어지지 않았다.

"사부의 뜻이더냐?"

추운도수의 명령으로 와풍도를 배웠느냐는 질문이었다.

추작도 입에서 나올 대답은 한 가지 뿐이었다.

"예!"

진짜 추운도수가 들었다면 기가 찰 뻔뻔한 대답.

추작도가 와풍도를 익힌 것은 운명이었다. 무공은 약하지 어떻게 단 한 번으로 숨통은 끊어야지, 그렇게 고민과 연구를 하다 보니 와풍도라는 도법을 스스로 연마하게 된 것이다. 탈골만 해도 수십 번이요, 근육 파열은 밥 먹듯 했다. 그러나 자신은 남이 지니지 못한 것이 있다고 치료하던 의원은 말했다.

―연박근(軟樸筋).

처음 팔목 근육이 찢어져 의원을 찾아가자 혀를 차면서 연박근이라고 말했다. 다른 사람들과 달리 자신의 근육은 너무 부드럽단다. 그래서 힘을 강하게 쓰거나 조금만 잘못 움직여도 쉽게 끊어지거나 찢어진단다.

그런데 공교롭게도 운명은 선천적으로 약한 근육을 준 대신 이점도 주었다.

연박근의 특징은 끊어지고 찢어질수록 강해진다는 것이었다. 그러다 보니 어느 순간 추작도의 손목과 팔꿈치 어깨에 이르는 근육은 통나무가 되어 있었다.

강호밥을 먹고 사는 사람치고 강해지고 싶지 않은 자 없다.

정식으로 무공을 배운 것도 아니고 먹고는 살아야겠고 그러다 보니 느는 건 소위 잔머리다. 어떻게 하면 상대를 쉽게 해치울까. 그렇다고 독이나 사술, 암술 따위를 쓰는 저열하고도 비겁한 방식으로 인생을 살고 싶지는 않았다.

그런 방식 또한 한계가 있고.

그러던 중 와풍도라는 방법이 있다는 것을 알고 오늘날까지 쉬지 않고 수련하였다.

슉슉!

추작도는 잠시 멈췄던 칼을 다시 움직였다.

툭툭!

부유는 계속 떨어졌다.

모용탄은 잠시 굳은 얼굴로 추운도의 칼질을 보았다. 황보세가에 들어온 지 오래되었지만 추운도수의 명성이나 그의 칼에 근접하려면 아직 멀었다.

고수들은 범인들로서는 이해되지 않는 말과 행동을 한다. 추운도수 같은 도객이 어린 제자에게 도객들이 가장 기피하고 익히기 싫어하는 와풍도를 가르친 이유는 뭘까.

그렇다고 황보세가의 도법이 와풍도를 익히면 터득하는 데 도움이 되는 것도 아니었다. 추작도의 뻔뻔한 거짓말은 추운도수 같은 인물이라면 뭔가 있기 때문에 와풍도를 익히게 했을 것이라는 생각을 모용탄이 하게 만들었다.

모용탄은 몸을 돌렸다. 막사를 향해 걸음을 옮기면서도 머릿속을 가득 채우는 추작도의 칼.

'으음!'

갑자기 등골이 서늘해진다.

그렇다고 적이라는 생각이 든다거나 부정적인 예감 때문이 아니다.

그냥 자신도 모르게 몸을 떨었다.

세상의 모든 무공에는 단계라는 것이 있었다.

처음 배울 때를 공(功)이라 부르고 한 단계 깊어지면 도(道)라고 부르며 절정에 이르면 아름다워진다고 하여 예(藝)라 칭한다.

또한 무기(武技)라는 것이 있었다.

만들어진 일정한 초식을 자신만의 체형과 방법으로 뒤틀고 변화시켜 새로운 변칙으로 재탄생시키는 것을 말하는데, 주로 방문좌도로 불리는 자객들이나 사도(邪道)인들이 많이 사용한다.

그들은 같은 초식일지라도 어떻게 치명타를 입힐까 하는 연구로 일생을 보내는 부류들이다.

그리하여 새끼처럼 꼬고 비틀고 온갖 사악한 함정과 사술을 무공에 담는다.

추작도의 와풍도를 기(技)라고 할 수는 없었다. 그는 일류선을 일체 변형시키지 않고 그대로 펼치고 있었다. 단지 마지막에 와풍도를 펼쳐 두 개의 날갯짓, 일도이흔(一刀二痕)을 남긴 것일 뿐이었다.

꿈틀!

추작도에 대해 생각하다 보니 의문스러운 것이 또 있었다.

진작부터 의문을 가졌는데 왜 그는 찌르고 베고 치는, 이름하야 칼의 가장 기본인 삼종지도, 작법, 자법, 타법을 모두 익히지 않고 자법 하나에만 목숨을 거는가.

"뭘 그렇게 중얼거리나?"

고개를 들자 호조의 조장 철미관이 서 있었다.

모용탄은 대답하지 않고 고개를 돌려 여전히 부유를 상대로 찌르기 연습을 하고 있는 추작도를 바라보았다.

"단주님께서 회의를 소집했네."

"회의?"

"눈치를 보아하니 대본영에서 뭔가 급한 명령이 전달된 것

같네. 어서 가세나.”

모용탄의 표정이 굳어진다.

빙글!

모용탄을 뒤따라가던 철미관이 고개를 돌려 추작도를 본다.

쉬익!

때마침 추작도의 칼이 한 번씩 무자비한 속도로 허공을 지나갔다.

몸은 땀으로 젖었으며 입에서는 거친 숨소리가 흘러나왔다. 그러나 동작은 멈추지 않았다. 특히 칼이 움직이지 않았다. 호흡이 거칠다 보면 손에 쥔 칼끝도 따라 움직인다. 공기를 흡입하고 내뱉은 폐의 움직임이 빨라지고 커짐에 따라 팔의 움직임에 영향을 미치는 것이다.

흔히 흡출파도(吸出波刀) 현상이라고도 부르는데 고수일수록 흡출파도가 작다.

반면 하수일수록 칼이 몸[身]에 끌려 다닌다.

고수도 아닌데 흡출파도가 적다는 것은 오랜 수련과 경험 때문이었다. 늙었다고 무조건 무공을 수련하는 데 단점만 나타나는 것은 아니었다.

경험은 때로는 어떤 패기와 젊음도 눌러 버리는 위력을 갖고 있었다.

추작도가 생명처럼 여기는 경험 한 가지가 있었다. 초식은 화려한 외양보다는 실체적인 위력이 중요하다는 것.

―천초(千招)를 아는 이를 두려워하지 않고 일초(一招)를
숙련하는 것을 두려워한다.

많이 알고 지녔다는 것은 무인에게 분명 특출난 경지이며
강함의 조건이 되고 죽지 않는 지름길에 가깝다. 그러나 지천
명에 이른 자신의 신체 나이야말로 욕심은 금물이다.
이제는 많이 얻고 알려는 것보다는 하나를 알아도 확실하게
하는 것이 좋을 때이다.
베고 치는 것과 달리 찌르는 것은 근육이나 뼈의 무리한 움
직임을 요구하지도 않는다.
자신의 신체 조건에 가장 적합하다.
반드시 자도(刺刀)하나 만큼은 누구에게도 뒤지고 싶지 않
았다.
능수능란.
누구도 따르지 못하고 누구도 올려보지 못하며 누구도 흉내
낼 수 없는 자도.
큰소리가 아니다. 자신은 있다.
삐이익!
갑자기 휘파람 소리가 들려왔다.
집합을 알리는 신호였다
추작도는 칼을 거둬들였다. 발아래 하루살이들 시체가 수북
했다.

찰칵!

칼집에 칼을 꽂아 넣고 손등으로 땀을 훔치며 막사를 향해 걸음을 옮겼다.

사조 막사 안으로 들어가자 조원들이 일제히 침상에 걸터앉아 있었다.

흠칫!

막사 안의 공기가 평소보다 더욱 얼어붙어 있다.

추작도는 슬며시 맨 끝에 다가가 앉았다.

바로 곁에는 금태가 앉아 있다가 흘긋 돌아보며 땀에 흥건히 젖은 그를 보며 혀를 찬다.

"적당히 해라. 너 그런다고 안 죽을 줄 알아? 전쟁터에서는 무공이 높아도 죽고 낮아도 죽어. 왜 그러는 줄 알아? 높은 놈은 높은 놈끼리 붙고 낮은 놈은 낮은 놈끼리 붙으니까. 더구나 전쟁터에서 생사는 운이야. 복불복, 우린 목숨 아까운지 몰라서 휴식을 즐기는 줄 알아? 엄청난 고수들이 맥없이 죽어가는 것을 숱하게 보아왔지. 그래서 얻은 결론은 강하다고 살고 약하다고 죽는 것이 아니라는 거야. 다시 강조하는데 전쟁터에서 죽고 사는 것은 운이다. 그러니 좀 쉬어 가면서 수련하란 얘기다."

하긴 틀린 말은 아니다.

고수라고 강호에서도 죽지 않고 하수라고 잘 죽는 건 아니다. 그러나 분명한 건 고수는 덜 죽고 하수는 잘 죽는다.

"명심하겠습니다."

여기저기서 사내들이 킥킥거리며 웃는다.

비아냥거림이 다분한 웃음이지만 기분이 나쁘다거나 섭섭하지 않은 건 아마 익숙해졌기 때문일 것이었다.

오랜 전쟁 속에서 죽지 않은 이들이었다. 말은 운이라고 했지만 살기 위해 상상을 초월한 몸부림을 쳤으며 그러다 보니 자신들만의 생존 법칙을 갖고 있었다.

그것은 오랜 경험에서 얻어낸 자신들만의 것이었다.

남에게 가르쳐 준다고 해서 가르침을 받은 사람 또한 이들처럼 살 수 있는 것은 절대 아니었다. 사람마다 다 신체 조건이 다르고 성격이 다르며, 그러다 보니 본능적인 행동 역시 다를 수밖에 없다. 늑대의 생존법을 토끼에게 적용하면 통용되지 않는 것처럼 고유의 생존법은 그 사람만의 것이다. 금태의 말은 언뜻 자신을 타박하는 듯 보이지만 염려의 말이기도 하다.

어쨌든 금태를 비롯한 많은 동료들이 한 가지 모르고 있는 사실이 있다. 추작도가 쉰이라는 나이를 지닌 어른이고 자신의 꿈이 전쟁터에서 살아남는 것이 아니라 그 이상의 곳에 있다는 것, 그래서 그렇게 죽기 아니면 살기로 수련을 한다는 것을.

자신들은 살기 위해서도 수련하지만 추작도는 강해지기 위해 수련한다는 것.

많이 알고 싶은 것이 아니라 하나를 알아도 달인이 되고 싶으며 천초를 수련할 것이 아니라 일초에 매달려 갈 인생이라는 걸 누가 알랴.

촤악!

모용탄이 천막을 걷고 들어섰다.

표정이 심상치 않았다.

모용탄의 표정만 봐도 어떤 일이 벌어질지 대충 감이 왔다.

금태가 벌떡 일어나 보고했다.

"열아홉 집합 끝."

모용탄이 앉아 있는 부하들을 한번 훑어보았다.

여느 때와 달리 도장을 찍듯 깊은 시선이다.

"알겠지만 전쟁은 거의 막바지에 왔다. 아니 어쩌면 내일이라도 끝날 수가 있다."

"와아아!"

"얏호오오!"

함성과 환희의 외침이 터져 나왔다.

"왜들 이러나, 전쟁은 아직 진행 중이다. 내 말은 너희들이 어떻게 싸우느냐에 따라 종전이 앞당겨질 수도 있고 끝없이 미뤄질 수도 있다는 얘기다."

잠시 흥분으로 끓어올랐던 분위기는 그 한마디에 다시 가라앉았다.

"오늘 밤 자시(子時)에 공격이 개시될 것이다. 물론 우리 지단만의 공격이 아니라 본가가 형성하고 있는 모든 전선에서 일시에 귀왕문을 덮칠 것이다."

사내들 눈이 커졌다.

"대… 대공세?"

"그렇다."

지금까지는 각 지단주가 판단하여 전쟁을 이끌었다.

대공세, 즉 황보세가의 모든 힘이 일시에 귀왕문을 공격한 예는 없었다. 그 이유는 대규모 공격에는 반드시 비밀 누설 위험이 크기 때문이었다.

위험이 크다는 것을 모르지 않을 텐데도 대공세라는 비장의 수를 던졌다는 것은 한 가지 사실을 의미했다. 전쟁을 끝내려 함이 분명했다.

잘하면 마지막 공격이 될 수도 있었지만 누구 한 사람 웃거나 좋아하지 않았다.

황보세가는 오늘 밤 전쟁에 승부수(勝負手)를 띄운 것이다.

그건 곧 희생자가 가장 많이 발생할 것임을 예고하는 것이기도 했다.

"금태!"

"하명하십시오."

금태가 벌떡 일어나 대답했다.

"첨초를 뽑아라. 여섯에서 일곱 정도의 작은 규모로."

금태의 눈이 커졌다.

다른 사내들 역시 눈이 찢어졌다.

"조, 조장님. 왜 우리가 첨초를?"

"내가 졌다."

그동안은 각 조가 순서대로 돌아가면서 첨초를 맡았다. 그러나 이번 대공세에는 각 조의 조장들이 운수 뽑기를 했는데 그만 모용탄이 꼴찌를 하고 말았다고 했다.

대신 첨초가 나간 조는 맨 뒤를 따른다.

위험한 임무를 맡은 대신 대가로 안전성을 보장해 주는 것이었다.

"일각 후에 완전무장하고 집합하도록."

모용탄은 한마디를 남기고 막사를 나갔다.

막사 안은 조용했다.

종전이 머지않았다는 것을 오래전부터 느끼고 있었다. 더구나 오늘 밤 대공세는 종전의 가능성을 좀 더 현실화시켜 주고 있었다. 문제는 첨초를 사조에서 맡았다는 것이었다.

뭐든지 끝 마당에는 떨어지는 낙엽도 조심하라는 말이 있다. 지금까지 악착같이 살아왔는데 막판에 죽는다면 이 어찌 통탄할 일이 아니겠는가. 더구나 첨초로 뽑힌다면 생존 확률이 바닥이라고 봐도 무리가 아니었기에 하나같이 무거운 그늘이 드리워진 얼굴들이었다.

금태의 얼굴 또한 쇳덩이가 되었다.

운이 폭우로 쏟아진다고 해도 첨초로 나가면 절반은 돌아오지 못한다.

오죽하면 사초(死初)라고까지 할까.

금태의 시선이 닿자 하나같이 고개를 돌려 버린다.

싫다는 것이며 제발 뽑지 말아달라는 하소연이다.

이럴 때 가장 괴롭다. 자칫하면 누군 빼주고 누군 넣느냐는

원성은 물론이려니와 아무리 엄격한 위계 질서를 갖추었다고
해도 칼부림까지 일어난다.

"나갈 사람?"

강제 차출을 해도 시원찮을 판에 지원자가 있을 턱이 없었
지만 그래도 한번 해본 소리다.

벌떡!

그런데 추작도가 일어났다.

사내들이 놀란다.

또 너냐 하는 식의 눈빛이었다.

다른 때는 몰라도 이번 전쟁에서 살아남기만 하면 무조건
고향에 돌아간다. 어디 그뿐인가. 황보세가로 돌아가면 엄청
난 포상이 기다리고 있을 것이었다. 그래서 이번만큼은 어떻
게 하든 빠지고 싶은데 추작도는 또 나서겠다고 앞장섰다.

'저, 저 인간!'

'그냥 콱!'

이럴 때일수록 단체 행동이 중요하다.

어차피 나가게 되겠지만 버틸 때까지는 버텨야 하고 그러자
면 같이 행동하고 목소리를 하나로 모아야 하는데 혼자 벌떡
일어서자 동료들의 인상이 찌푸려지고 욕을 마구 퍼부었다.

'으이그!'

'그렇게 돼지고 싶으면 그냥 여기서 죽어, 개자식아'

겉으로 외치지는 못하고 모두가 추작도를 향해 증오의 눈길
을 날렸다.

"또 없나?"

있을 턱이 없다.

모두가 고개를 돌리고 딴청을 피웠다.

"그럼 할 수 없다. 주사위를 던지는 수밖에."

숫자가 가장 적게 나오는 사람을 선발하는 방식이다.

자신이 던져 선택한 것이기 때문에 누구도 결과에 대해 이의를 제기하지 못한다.

금태는 막사 구석에 있는 낡은 나무통에 손을 집어넣어 손때 묻은 주사위를 꺼냈다.

꿀꺽!

으음!

침 넘어가는 소리가 들려온다.

단순한 승부가 아니다. 죽느냐 사느냐이다.

"누가 먼저 던지겠나?"

아무도 일어나지 않는다.

던지는 것조차도 거부한다.

"좋다. 그럼 고참부터 던진다."

전쟁터에 오래 있던 사내들부터 던지라는 명령에 구석의 대머리사내에게로 모든 시선이 쏠렸다.

독박(禿搏) 감사울(甘社蔚), 올해 마흔한 살로 사조에서는 최고의 고참이다. 전쟁 경력만 해도 십 년 가까이 된다. 유일하게 사조에서 모용탄과 함께 혼인을 했으며 올해 열 살짜리 딸아이를 두고 있다.

"의리라고는 깨알만큼도 없는 놈들, 처자식들 없는 놈들이 뭐가 무서워 그렇게 벌벌 떠나."

"선배님 그런 말씀 마십시오. 총각 목숨은 목숨 아닙니까?"

"어디서 말대꾸야, 그냥."

감사울이 인상을 쓰며 금태가 던져준 주사위를 받았다.

"비켜!"

그는 사내들을 향해 버럭 소릴 질렀다.

사내들이 자릴 비켰고 금태는 침상을 노려보았다. 숨을 죽이며 심각한 얼굴이다.

획!

갑자기 감사울의 고개가 조금 전 말대꾸를 한 사내에게 돌아갔다.

"총각 목숨은 목숨 아니냐고? 총각 목숨도 목숨이다. 다만 딸린 식구가 없으니 더 낫지 않느냐는 뜻이다."

말대꾸한 사내도 그것을 몰라 대꾸하지는 않았을 것이며 감사울 또한 상대가 몰라서 설명한 것은 아닐 것이다.

떨리는 마음, 불안한 마음을 조금이라도 풀어 보려는 의도이다.

획!

주사위가 던져졌다.

또르르르!

침상 위로 주사위가 굴러가더니 구석에서 멈췄다.

사내들의 시선이 일제히 주사위를 쫓는다.

“일(一)!”

금태가 소리쳤다.

감사울의 표정이 처절하게 우그러졌다.

가장 낮은 숫자, 무조건 첨초로 선발되었다.

“빌어먹을!”

꽝!

들고 있던 칼로 바닥을 힘껏 내려쳤다.

“뭣들 하나, 순서대로 빨리빨리 던져.”

사내들은 참전 경력대로 주사위를 던지기 시작했다.

숫자에 따라 탄식과 환호가 교차했다. 그렇게 첨초가 뽑혔다. 운이 좋아 뽑히지 않은 사람들은 표정 관리 하느라 무거운 얼굴로 빳빳하게 앉아 있었다.

“감 선배!”

금태가 감사울을 불렀다.

“열외하십시오.”

감사울이 눈을 크게 떴다.

“무슨 말이야? 왜 내가 열외를 해?”

“조장님께서 여섯에서 일곱 정도로 뽑으라고 했는데 여섯만 뽑겠습니다.”

추작도를 제외하고 일(一)이 나온 사람이 둘, 이(二)가 나온 사람이 둘, 삼(三)이 나온 사람이 둘이었다.

나머지는 공교롭게도 모두가 오(五)나 육(六)이 나왔다.

여섯에서 일곱이라 했으므로 여섯을 뽑는다고 해서 문제될 것은 없고 모든 권한은 금태에게 있었다.

"딸자식 얼굴은 봐야 할 것 아닙니까?"

감사울은 이곳에 출전한 지 얼마 되지 않아 아내가 딸아이를 낳았다는 소식만 들었을 뿐 십 년 동안 한 번도 본적이 없었다.

"맞아!"

"얼마나 보고 싶겠어. 그래요, 감 선배님 빠져도 여섯이잖아."

첨초로 출전하지 않게 된 사내들이 생각해 주는 척 거들고 나섰다.

"빼주십시오."

"빼줘야지. 인간적으로."

감사울이 웃는다.

"고맙다. 하지만 괜찮아. 첨초로 나간다고 해서 내 딸아이 못 보는 건 아니잖나?"

감사울은 가벼운 미소를 지었다.

"가야지. 무슨 소리들이야. 됐어. 더 이상 내 일로 왈가왈부하지 마."

감사울은 못을 박았다.

더 이상 아무 말도 흘러나오지 않았다.

"나가자고."

모두가 각자의 병기와 앞가슴을 에워싸는 흉갑(胸鉀)을 찼다.

전투 중 가장 많은 공격을 받는 곳이 가슴이다. 얼굴은 좁기 때문에 공격이 쉽지 않고 눈이 있어 빠르게 피하지만 가슴은 신체 부위 중 가장 넓다. 넓다는 것은 공격할 수 있는 좋은 여건을 지녔다는 뜻일 뿐 아니라 중요 장기들이 있어서 공격 한 번으로 치명상을 입힐 수 있었다.

일부는 답답하고 무거운 흉갑 때문에 신속성이 떨어진다면서 전투 중에는 벗어버리기도 하지만 도움이 된다는 건 누구도 부인하지 않는다.

밖으로 나가자 연무장에는 각조들이 모두 도열해 있고 누대에 동도악이 우뚝 서 있었다. 평소 경장 차림이던 동도악의 가슴에 입혀진 흉갑을 보며 사내들 모두가 고개를 끄덕였다.

─진짜 전쟁이 끝난다.

비장의 기세가 읽힌다.

황보세가뿐만이 아니라 어쩌면 정도무림 모두가 일제히 대공세를 펴는 것이라고 나름대로 짐작했다.

한편 그 시각 첨초는 모이지 않고 막사 뒤로 조용히 빠져나갔다. 연무장에 모이지 않는 건 배신자나 적의 첩자가 있지 말란 법도 없고 그들에 의해 첨초의 면면이 은밀히 적에게 넘어갈 위험을 차단하기 위한 것이었다.

첨초의 조장은 감사울이었다.

금태는 첨초를 뽑는 지시만 받았을 뿐이고 주사위 던지기에서도 육을 얻어서 제외되었다.

일행은 등에 산단 모피를 다섯 장씩 묶어지고 있었다. 누가 봐도 산단 모피를 장에 내다 팔려는 상인들 모습이었다.

대통산은 이미 황보세가에 장악되었다.

처음 올 때만 해도 대통산을 놓고 귀왕문과 뺏고 빼앗겼는데 이제 완전히 황보세가의 수중에 떨어졌으며 귀왕문은 지금 아미금산에서도 북쪽 끝부분까지 밀려갔다.

더 밀리면 천산이 나온다. 그걸 알기에 귀왕문은 아미금산 북쪽 태호곡과 그 일대에 배수의 진을 쳤다.

저잣거리에는 모피를 파는 장사꾼들이 대부분을 차지하고 있었다. 중원의 북쪽이기 때문에 추위도 일찍 오지만 한 겨울은 그야말로 얼음의 땅이 된다. 모피 없이는 절대 겨울을 날 수가 없다.

백평(白萍)은 아미금산 일대에서는 가장 큰 도시이다. 귀왕문의 본거지로 가려면 반드시 거쳐야 하는데 아주 위험한 곳이었다.

사람이 많은 곳에는 세작이 끓는다.

여섯 명이 몰려다니면 금방 눈에 띄기 때문에 이인 일조로 움직였다. 추작도는 조장 감사울과 동행했다. 나이가 가장 어린데다 전쟁의 경험이 적다는 이유에서였다.

두 사람 등에는 지고 나온 산달 모피가 있었다.

오랫동안 전쟁을 했기 때문에 계절에 따라 그때그때 맞는 물건을 첨초는 지고 나간다.

하나 누군가 눈썰미가 있다면 한 가지 사실을 금방 알아낼 수 있을 것이었다. 둘이 진 모피에 광채가 없고 털이 짓눌린 듯 죽어 있다는 것이었다.

오래된 물건을 반복해서 사용할 때 나타나는 현상이었다.

"산달피 사시오. 마리에 은자 다섯 냥만 받겠소이다."

두 사람은 저잣거리를 걸어가며 적당한 목소리로 말했다.

커도 이목을 끌고 작아도 이목을 끈다.

그리고 소리를 내는 것은 장사꾼이라는 것을 알리기 위해, 즉 누구로부터도 의심을 받지 않기 위한 동작이다. 그렇다고 저잣거리를 계속 배회하지는 않는다.

두세 번 가볍게 거리를 들쑤시고 다니다 파장이 되면 더 이상 팔리지 않아 하는 수 없이 귀가하는 장사꾼마냥 떠난다. 그러기 위해서는 파장 직전에 들어선다. 하나부터 열까지 대충은 없다. 철저한 계산과 그동안의 경험에 맞춰 움직이는 것이다.

석양이 떨어지고 상인들이 하나둘 팔지 못한 물건을 정리하고 쌓는다. 두 사람 또한 물건 팔기를 포기한 사람처럼 장사 더럽게 안 되는구만 욕설 몇 마디를 내뱉고 객점으로 들어섰다.

야음을 틈타 적진으로 들어가야 하기 때문에 배를 채워야 한다. 두 사람은 국물이 있는 돈오탕(豚烏湯)을 시켰다

돈오탕은 육질이 검은, 이 지역에서만 나는 돼지새끼를 푹

고아 만든 것이다.

"후루룩!"

소리를 내며 열심히 돈오탕을 먹는 추작도를 감사울이 자꾸 바라본다. 자신은 긴장도 되고 그래서 만두 몇 조각으로 때우려 했는데 추작도는 아니었다. 그것도 기필코 국물이 있는 음식을 시켜먹자고 우겼다. 도대체 이 판국에 그런 식사가 생각난다는 것이 이해가 되지 않았다.

일반적으로 국물 있는 음식은 나이가 든 사람들이 즐겨먹는다. 나이가 들다보면 젊은 사람보다 빨리 속이 허해지면서 마르기 때문에 국물 있는 음식을 좋아할 수밖에 없다는 것이 의원들의 설명이었다.

너무 맛있게 먹는 추작도를 감사울은 이상한 표정으로 보았다.

"꺼억!"

국물 한 방울까지 마시고 트림을 하는 추작도를 보며 급기야 감사울은 입을 열었다.

"자네 음식 먹는 것을 보니 꼭 늙은이 같구만."

"그렇습니까?"

"얘기가 나왔으니 음식을 먹을 때 늙은이와 젊은이에게 차이 하나가 있다는데 알고 있나?"

"모르겠습니다."

"늙은이는 지금 자네처럼 밥을 먹고 나면 꼭 더럽게 트림을 한다는 거야."

자신의 조금 전 트림에 상당히 비위가 상한 모양이었다.

추작도는 가볍게 웃고 말았다.

그러나 속으로는 너도 이놈아 내 나이 되어 보거라 하고 중얼거렸다.

감사울이 계산했다.

식사를 끝내고 밖으로 나오자 땅거미가 지고 있었다.

흘긋!

가장 먼저 서쪽 하늘을 본다. 오늘 밤 날씨를 알아보려는 행동이었다.

희뿌연 구름이 깔렸다.

경험상 필시 자시 이전에 짙은 구름에 덮일 것이다.

감사울은 부하들과 만나기로 한 장소로 발걸음을 옮겼다. 작전이 시작되면 말은 절대 하지 않는다. 오로지 신호와 사전의 약속에 따라 움직일 뿐이다.

부하들이 기다리고 있는 곳은 귀왕문 주둔지가 있는 방향으로 가다보면 조퇴암이라는 작은 절의 오층 돌탑이다. 신도들이 하나둘 돌을 주워 쌓아 놓은 탑.

술시 이전에 닿아야 하기 때문에 두 사람은 걸음을 재촉했다. 파장이 된 이상 큰 길을 행보하여 많은 사람들 눈에 띌 필요는 없었으므로 곧바로 객점에서 조금 오르다 골목으로 들어섰다. 골목에는 지린내가 진동했다. 어둡고 좁아 볼일 급한 사람들이 해결하기 딱 좋았다.

멈칫!

앞장서 걷던 감사울의 눈이 빛났다.

골목은 두 사람이 어깨를 나란히 하고 걸으면 딱 맞을 정도였다.

그런데 맞은편에서 세 사람이 골목을 메우며 다가온다. 장사꾼 차림이다. 그러나 본능이라는 것이 있었다. 순간적으로 가슴이 섬뜩했고 앞이 꽉 막히는 느낌이었다.

불길함을 확신이라도 시켜주듯 뒤를 따르던 추작도가 가벼운 헛기침을 했다.

뒤에서도 세 사내가 따라오고 있다는 신호다.

여섯!

앞으로 셋, 뒤로 셋, 그야말로 완벽한 포위다. 골목의 담장은 끝없이 높아 자신들 재주로는 절대 신법 따위로 솟구쳐 빠져나갈 수 없었다.

상대도 장사꾼, 이쪽도 장사꾼.

전문가는 전문가를 알아본다. 양쪽의 행색이 같다는 것은 한 가지 사실을 말해주고 있었다.

자신들은 황보세가의 첨초이고 상대는 귀왕문의 첨초라는 것.

그렇다면 자신들은 알아차리지 못했는데 상대는 어떻게 하여 자신들의 정체를 간파했을까 하는 의문이 들었다.

척척!

예상대로 적당한 거리를 두고 골목을 가로막았다.

처억!

두 사람은 누가 먼저랄 것도 없이 등을 맞대고 섰다. 앞뒤에 있는 적을 상대하려면 그 방법뿐이었다.

"너희 같은 꼴통들을 상대로 우리가 패배의 위기로까지 밀리고 있다는 것이 정말 이해가 안 된다."

첫마디부터가 무지막지한 비아냥거림이다.

두목인 듯한 오십가량의 사내, 이마에 붉은 사마귀를 가진 중년인이 신경질적으로 말했다.

"어떻게?"

"쯧쯧! 저런 석두, 네놈들 등에 지고 있는 산달피를 보아라. 어느 멍청한 놈이 그걸 근래 잡았다고 여기겠느냐?"

—아차!

언젠가 산달피가 너무 오래되었다는 생각을 한 적이 있었다. 그래서 동도악에게 산달피를 새로 바꿔야 한다고 말하려 했는데 깜빡 잊었다. 그런데 그 잠깐의 실수가 이런 화를 불러일으켰다.

바로 그때였다.

"윽!"

비명 소리가 들려왔다.

감사울은 자신도 모르게 고개를 뒤로 돌렸다.

추작도가 막고 있는 셋 중 맨 가운데 있는 사내가 복부를 움켜쥔 채 무너지고 있었다. 그것뿐만이 아니었다. 추작도의 칼은 이미 또 다른 적을 향해 움직이고 있었다.

숙!

그러자 상대도 공격을 해왔다.

하는 수 없이 감사울은 칼을 뽑아 들고 세 사내를 향해 달려
들었다.

좁은 골목, 양손을 활짝 벌리면 좌우 벽이 닿는다. 제아무리
뛰어난 고수도 지형과 지세에 영향을 받는다. 물론 어떤 무공
을 지녔느냐에 따라 받는 영향이 크고 작음은 있다.

적수공권도 아닌 병기를 들고 싸우는 양측에서 좁은 골목은
능력의 최대치를 보일 수 있는 지형은 절대 아니었다. 특히 후
려치거나 베기에는 공간이 지나치게 협소했다. 더더욱 피할
공간이 턱없이 부족하다는 것.

이럴 때 가장 적합한 공격법은 찌르기 말고는 없다. 물론 상
대 여섯과 이쪽 둘 모두 그 사실을 알고 있었다.

숙!

추작도의 찌르기는 군계일학이라 할 만했다.

사실 우두머리끼리 얘기를 나누는데 누가 공격을 감행하리
라 생각했겠는가.

더구나 상대는 두 명이고 이쪽은 여섯.

수적으로도 월등히 우세했으므로 마음을 조금은 놓았다.

그런데 추작도가 갑자기 찔러 들어와 버린 것이다. 누구도
예측하지 못한 공격이었다. 수년을 전쟁터에서 굴러왔지만 우

두머리의 명령 없이 공격하는 예는 없었고 보지도 못했다. 그런데 추작도는 감사울이 자신의 우두머리와 얘기하고 있는데 공격을 해버린 것이다.

동료는 그야말로 맥없이 당했다.

그런데 더 황당한 일은 다음에 벌어졌다.

추작도의 칼이 너무나 빠르다.

쨍쨍!

두 사내는 한 번도 공격을 해보지 못했다. 추작도의 찔러오는 칼을 쳐내기에 바빴다.

그렇다고 막기를 포기하고 마주 찌르자니 자신이 없었다. 찌르는 것 하나만큼은 엄청났다.

—노, 놀라운 자도(刺刀)다!

맞찔러도 빠른 놈이 이긴다.

도저히 맞찌를 자신이 없다 보니 막기에 급급했다.

챙!

채채챙!

하지만 막는 것도 한계가 있었다. 찌르는 건 단순 동작이기 때문에 체력 소모가 적지만 막는 것은 칼의 방향을 자신의 몸을 벗어나도록 해야 하기 때문에 죽어라 쳐내야 한다.

쳐내는 것은 갈수록 느려지고 찌르는 건 변함이 없다면 결과는 뻔했다.

"커억!"

두 번째 동료가 복부에 일도를 맞고 쓰러졌다.

쉭!

—뭐 이런 괴물 같은 놈이!

표정도 없고 눈빛도 무심한, 희로애락이 철저히 제거된 무정의 기세.

푸욱!

동료가 죽고 삼 초 만에 명치에 추작도의 칼이 박혔다.

"커럭!"

사내의 입에서 피 거품이 흘러나왔다.

추작도는 칼을 뽑았다.

추왁!

명치에서 뿜어 나온 피가 추작도 얼굴에 뿌려졌다.

추작도는 곧바로 돌아서서 감사울과 어깨를 나란히 했다.

감사울은 적지 않은 상처를 입고 있었다.

쉭!

전광석화.

"큭!"

맨 왼쪽 사내의 목젖에 추작도의 칼이 구멍을 내버렸다.

동료의 죽음에 깜짝 놀라는 틈을 감사울은 놓치지 않았다.

어느새 그의 칼은 두목의 복부를 파고들었다.

거의 같은 시간 추작도의 칼이 맨 오른쪽 사내의 입에 박혔다.

칼끝이 뒷덜미까지 나온 것이 상당한 힘이 실린 자도였다. 사내의 얼굴이 고통으로 우그러졌다.

촤악!

추작도는 칼을 뽑았다.

"하, 하찮은 찌르기에 내가……."

사내는 원통하다는 듯 엎어졌다.

죽은 여섯을 바라보는 감사울의 표정이 굳어 있었다.

추작도가 다섯을 제거했다. 자신이 죽인 우두머리 또한 추작도의 도움이 절대적이었다. 추작도가 한 명을 죽이면서 균열이 일어난 것이었다.

스윽!

추작도는 칼끝에 묻은 피를 시신의 옷에 닦고 있었다.

"너!"

갑자기 감사울이 버럭 소릴 질렀다.

추작도가 고개를 들어 본다.

"여긴 전쟁터이다. 전쟁터에서는 상관의 명령 없이는 공격이나 후퇴가 불가하다는 것을 모르나?"

자신의 명령 없이 선공을 가한 추작도의 행동을 꾸중하는 것이었다.

추작도는 무표정하게 말했다.

"싸움 시작, 하고 싸우면 그게 싸움입니까?"

숨어 뒤통수치는 것과 앞에서 와락 달려드는 것과는 큰 차이가 있다.

전자는 암습으로 비열한 행위지만 후자는 당당한 공격이다. 최소한 상대의 눈을 속이지는 않았으므로.

가뜩이나 수적으로까지 열세인데 명령을 받고 싸우면 무슨 수로 이긴단 말인가.

"그, 그래도 네놈이……."

틀린 말은 아니었지만 자신은 상관이다.

뭐라고 체면을 살리기 위해 한마디 쏘아붙이고 싶지만 마땅하게 대꾸할 말이 없었다.

"만약 초장님의 공격 명령을 받고 공격했다면 죽은 건 우리라는 것을 아십시오."

"시끄러."

추작도는 앞장서서 걸어갔다.

감사울은 걸어가는 추작도를 바라보았다. 추작도 말은 백번 옳았다. 만약 그가 선공을 가하지 않았다면 십중팔구 죽었다.

그 순간 불현듯 스치는 생각 하나.

—강한 놈이 이기는 것이 아니라 이긴 놈이 강한 것이다.

추작도는 강했다.

자신은 전혀 생각지 못한 전술을 추작도는 꺼내 든 것이었다.

양쪽 우두머리끼리 심각히 얘기를 나누고 있는데 명령없이 누가 공격할 생각을 하겠는가.

그야말로 상상할 수 없는 일이었다.

특기 그를 더욱 경악케 한 것은 찌르기였다. 눈 깜짝할 사이에 찔러 버렸다.

아무리 피할 공간이 협소하여 상대가 제 실력을 드러낼 수 없었다고는 해도 그건 충격이었다. 자신도 지리적 이점을 살리기 위해 오로지 찌르기만 했는데 추작도에 비하면 떨어졌다

그동안 찌르기에 집착하는 추작도를 보며 얼마나 동료들과 같이 야유하고 빈정거렸던가.

뒤를 따르며 감사울은 연신 고개를 갸웃거렸다. 스무 살 젊은 사내라고 하기에는 너무나 노련하다. 그리고 뭔가 신비한 기운이 느껴지는 듯했다.

불빛 하나 흘러나오지 않는 조퇴암.

향객들이 하나둘 암자를 오르며 주워 와 소원을 빌며 던져 놓은 돌은 어느새 일 장 가까운 높이의 탑이 되어 있었다. 밤이 되었는데도 돌탑 위에 조심스럽게 주워 온 돌을 올리며 중얼거리는 것이 모두가 소원을 비는 모양이었다.

하지만 그들은 모두 황보세가의 첨초들이었다.

감사울과 추작도가 맨 늦게 도착했는데 두 사람의 옷이 찢어지고 감사울의 어깨에 밴 핏물을 보며 놀란 표정을 지었다.

감사울은 인원 확인을 했다. 다행히 적과 조우한 조는 자신과 추작도뿐인 듯 동료들 모두 출발할 때의 복장 그대로였다.

하나둘 합장을 하고 돌탑을 떠났다.

잠시 후 일행은 조퇴암에서 백여 장 떨어진 작은 숲 속에 모여들었다. 감사울은 궁금해하는 수하들에게 사건의 자초지종을 얘기했다.

동료들이 놀란 눈빛으로 바라보았다.

추작도는 피식 속으로 웃음을 지었다. 자신의 경험에 비춰 이런 상황이면 보통 수하의 활약은 축소하거나 아니면 말하지 않는 것이 상관들의 태도다. 자신의 위치나 권위가 수하에 의해 깎이기 때문이다. 그런데 감사울은 추작도가 아니었다면 어쩌면 골목이 자신의 무덤이 되었을 것이라며 극찬했다.

―녀석, 보기와는 딴판이로군!

일행은 다시 길을 떠났다. 조퇴암을 지나면서부터 귀왕문 점령지이다.

그야말로 이제 적진 속으로 들어선 것이다.

맨 선두에 감사울이 섰다. 전투의 경험이 많고, 특히 첨초로 많이 출전했기 때문이다.

예상대로 하늘은 짙은 구름에 덮였다.

별빛도 달빛도 없어 침투하기에는 괜찮은 날씨다.

적진에 침투하는 데 가장 좋은 날씨는 비바람이 치는 것이다. 자연의 소음으로 인해 첨초의 움직임이 소멸되고 감추어지기 때문인데 지금은 바람 한 점 없었다.

조용하기 때문에 신법은 안 된다. 옷자락 펄럭이는 소리가 흘러나오고 조심한다고 해도 자칫 주위 나뭇가지를 건드리고, 그러다 보면 잠자는 날짐승을 깨운다.

어쩔 수 없이 조심스럽게 걸었지만 워낙 정적이 깊어 풀잎이 바짓가랑이에 스치는 소리까지 크게 들린다.

주르륵!

지나치게 긴장하고 조심하다 보니 금세 온몸이 땀으로 흠뻑 젖는다.

조심이 지나치면 체력 소모도 크다.

이각을 걷지 못하고 잠시 휴식을 취하고 또다시 이각을 걷고 취하기를 십여 차례, 그들은 조그만 산등성이 세 개를 넘었다.

스윽!

앞장서 가던 감사울의 멈춰 섰다.

그러자 뒤따르던 수하들 모두 멈춘다.

스스슷!

종대가 횡대로 변하면서 감사울과 나란히 서 맞은편 계곡을 내려다보았다.

아무것도 보이지 않는 짙은 계곡, 그러나 직감적으로 열기가 느껴진다.

계곡은 물이 흐르고 낮기 때문에 습하여 냉기를 머금은 공

기가 올라와야 정상인데 열기가 느껴진다는 것은 적지 않은
사람들이 묵고 있다는 뜻이다.
　끄덕!
　좌측을 향해 감사울의 고개가 움직였다.
　추작도와 아독더러 확인하라는 명령이었다.

第六章
죽지 않는 사내

검명도살

　적은 막사를 한곳에 오랫동안 세우지 않는다. 고정된 막사야말로 공격에 고스란히 노출되기 때문에 보통 열흘에 한 번 꼴로 자꾸 이동을 한다.

　감사울의 명령은 직접 내려가서 막사가 있는지 확인을 하라는 뜻이었다.

　아독의 눈이 커졌다.

—격초(擊初)!

　격초는 첨초에서도 가장 위험한 임무를 지닌 사람을 말한다. 가까이 다가가 때로는 적의 막사 안까지 들어가 살펴야 하기 때문에 돌아올 확률은 일 할이 채 되지 못한다.

무조건 죽는다고 봐도 된다.

아독이 바라본다는 것을 모르지 않을 텐데도 감사울의 고개는 오로지 계곡만을 내려다볼 뿐이었다. 죽음 속으로 몰아넣는 것이나 마찬가지인 수하를 바라봤자 가슴만 아프다는 걸 모를 리 없었다.

'저, 저 인간!'

추작도는 이미 저만치 자세를 낮추고 가고 있었다.

아독은 이를 지그시 물고 추작도를 따라갔다.

—나, 나무아미타불 관세음보살!

그는 마음속으로 불호를 중얼거리며 무사 귀환을 염원한다.

추작도는 자세만 낮췄을 뿐 성큼성큼 걸어갔다. 저승길을 걷는 것이 아니라 마치 맛있는 잔칫집에 초대받는 이와 같은 발걸음에 뒤를 따르던 아독이 옷자락을 잡아당겼다.

탁!

추작도가 돌아본다.

아독이 눈을 부라렸다.

한참 선배이다.

[뭐하는 거야. 어디 고향집 가는 줄 알아!]

아독의 신경질 가득 찬 전음이 귓속을 울렸다.

추작도는 조용히 전음을 보냈다.

[어차피 갈 거면 빨리 갑시다.]

[뭐… 뭐… 너… 지금…….]

마음 같아서는 한대 쥐어박고 싶었다. 그러나 틀린 말도 아니었다. 이래저래 갈 것이라면 빨리 가는 것이 낫다. 늦게 간다고 살아 돌아올 것도 아니고 빨리 간다고 해서 죽는 것도 아니다. 모든 건 그저 운일 뿐이다.

"카!"

신경질적으로 가래침을 뱉으려다 얼른 멈췄다.

적진, 그중에서도 심장부다.

반쯤 나온 가래침을 삼키며 추작도를 따랐다.

추작도의 걸음은 여전히 주저함이 없었다. 도살장을 이렇게 기쁜 걸음으로 가는 놈은 저 인간뿐일 것이라고 속으로 별의별 욕을 다 퍼부으며 아독은 따라붙었다.

추작도가 노송 뒤에 몸을 숨기고 쭈그려 앉는다.

예상대로 어둠 속에 뭔가 나타났다. 나뭇잎과 검은색으로 위장을 잔뜩 했지만 집들, 아니, 천막들이었다.

스윽!

추작도가 일어나 내려가려고 하자 아독이 어깨를 잡아당겼다.

추작도가 고개를 돌렸다.

[어딜 가?]

막사가 있다는 것을 확인했으니 됐다.

추작도가 전음을 보냈다.

[가짜인지도 모르잖습니까.]

[멍청한 놈아, 보면 몰라?]

막사가 있는데 더 이상 뭐 볼 것 있느냐는 것이다.

그러나 추작도는 고개를 흔들었다.

직접 두 눈으로 보겠다는 것이다. 왕왕 가짜 막사를 지어놓고 적을 유인하는 경우가 있다. 물론 인기척을 위해 미끼로 일이십 명 생활하게 한다. 아독 또한 몰라서 가자고 한 것이 아니었다.

질근!

아독의 입술이 물렸다.

어떻게 이런 더러운 놈과 한 조가 되었는지 미치고 환장할 노릇이었다. 다른 동료 같았다면 어느새 철수했을 것이다. 답답한 건지 무식한 건지, 그도 아니면 자살하고 싶어 미친놈인 건지.

설혹 미끼 막사라고 하더라도 자신들은 마지막까지 최선을 다했으므로 나중에 문제가 되어도 그다지 책임 추궁은 크지 않다. 전쟁에서처럼 오보(誤報)와 오찰(誤察)이 심한 곳도 없지 않는가.

뿌드득!

이를 갈면서 아독은 추작도를 따라나섰다.

만약을 대비해 칼자루에 손을 얹었다.

막사는 더욱 확연하게 보였다. 모두 여섯 동이었다.

팟!

추작도의 눈이 빛났다.

왜 그러느냐는 듯 아독이 바라본다.

추작도는 검지를 빳빳하게 세웠다. 경계무사가 보이지 않는다.

서툰 전음은 자칫 소리가 되어 나올 수도 있었다. 전음도 무공 수준에 따라 다르다.

스스스스!

아독은 손바닥을 흔들었다.

미끼이기 때문에 경계병이 없는 것 아니냐, 이제 확실해졌으므로 어서 돌아가자고 엄지로 자꾸 뒤를 가리켰다.

그런데 추작도는 꼼짝도 하지 않았다.

부욱!

아독은 팔소매를 잡아당기면 험악하게 인상을 썼다. 그러나 추작도는 조금만 더 기다려 보라는 듯 손을 뿌리치며 어둠을 살핀다.

아독은 돌아가기만 하면 절대 가만 안 두겠다고 별렀다. 어쨌든 자신이 선임인데 말마다 무시한다.

흠칫!

추작도의 눈이 커졌다.

툭!

추작도가 팔꿈치로 옆구리를 친다.

아독은 전면을 보았다. 하지만 어둠만이 두껍게 깔려 있다.

툭!

다시 친다.

아무리 봐도 움직임이라고는 없는데 옆구리를 치자 아독이 노려보았다.

스윽!

추작도가 턱으로 가리켰다. 그러나 아독의 눈에는 보이지 않았다.

뭐가 보인다고 그래, 이 개자식아 하는 욕설이 목구멍까지 솟구쳤지만 적을 코앞에 두고 있어 가까스로 눌러 참던 아독의 눈이 커졌다.

막사 앞 지면이 스윽 솟구쳐 올라온다. 놀랍게도 사람 머리였다. 사내는 밖으로 기어 나오더니 한쪽으로 걸어가 아랫도리를 내리고 볼일을 보았다.

─지참경(地塹警).

지참경은 땅을 파고 들어가 경계를 서는 것을 말한다.

그렇게 되면 경계병이 보이지 않기 때문에 적은 미끼 막사인 줄 알고 본대에 공격하지 말라고 연락을 한다.

전력이 약한 귀왕문으로서는 가장 완벽한 작전이라고 할 수 있었다.

볼일을 다 본 듯 경계병은 자신이 나왔던 곳으로 신속히 들어가 사라졌다.

두 사람은 조용히 물러나왔다.

"학, 하하학!"

어느 정도 안전거리로 벗어나자 아독이 거친 숨을 내쉬며 털썩 주저앉았다. 지옥에 들어갔다 나온들 이보다 더 떨리고 가슴 졸일까. 얼마나 공포에 눌렸던지 좀체 심장이 진정할 기미를 보이지 않았다.

획!

그러면서 추작도를 매섭게 노려보았다.

"노독수."

"목소리 낮추십시오."

추작도는 한마디를 남기고 걸음을 옮긴다.

아독은 확 단칼에 베어버리고 싶은 충동을 가까스로 누르며 부지런히 걸음을 옮겨 첨초가 은신해 있는 곳에 도착했다. ·

"어떤가?"

감사울이 물었다.

기다렸다는 듯 아독은 대답했다.

"정막(正幕)입니다."

"가막(假幕)이 아니란 말인가?"

"지참경을 세웠더군요. 속히 본대에 공격 명령을 하달하십시오."

아독은 마치 자신이 모든 것을 얻어낸 듯 단호하고 엄히 보고를 했다.

감사울의 고개가 추작도에게 돌아섰다.

확실하느냐는 물음이다.

꿈틀!

바로 그 순간 아독의 표정이 우그러졌다.

자신에게 물었으면 됐지 추작도에게 확인을 하는 건 또 뭔가.

잠시 가라앉았던 불쾌감이 다시 꿈틀거렸다.

추작도는 고개를 끄덕였다.

“예.”

“전서구 띄워.”

맨 뒤에 있던 사내가 손에 들고 있던 조그만 철망에서 전서구 한 마리를 꺼내 날린다.

그런데 비둘기가 아니라 담황색으로 상당히 큰 새였다.

언뜻 매를 닮았지만 부리와 발톱이 더 크고 단단해 보였다. 황추(黃鷲)였다.

황추는 봉황의 하나로 아주 사납다. 주로 밤에 활동하는데 쥐를 비롯해 토끼 등을 잡아먹는 야행성 맹금류 중에서도 먹이사슬 최상층에 있었다.

엄밀히 말한다면 전서추라고 해야 옳았다.

지금쯤 본대는 조퇴암 근처까지는 왔을 것이다.

일행은 본대가 올 때까지 각자 나무와 바위 아래 몸을 은신하고 있었다.

슥!

모두가 쉬고 있는데 추작도는 일어나 후방으로 걸어갔다.

누구도 바라보지 않고 말리지도 않는다. 추작도가 무엇을 위해 후방으로 빠지는지 알고 있기 때문이다. 최소한 사조에서 추작도가 때와 장소를 가리지 않고 틈만 나면 도법 연습을 한다는 것을 모르는 이는 없었다.

추작도는 이십여 장쯤 뒤로 빠져 산죽(山竹:산에서 자라는 아주 작은 대나무)이 우거진 조그만 공터에 걸음을 세우고 칼을 뽑아 들었다.

척!

산죽 잎사귀 크기는 손가락 두 개를 붙인 정도의 폭에 반 자 가까운 길이다. 잎이 종잇장보다 얇은 대신 면적이 넓은 편이어서 작은 바람에도 격렬하게 흔들린다. 어떤 것은 산죽의 특성 때문에 바람이 불지 않는데도 움직인다.

쉭!

칼이 뽑혔다고 느끼는 순간 어느새 산죽 잎사귀를 향해 찔러가는 칼.

발도와 찌르는 동작이 하나의 초식처럼 이루어지는 부드럽기 그지없는 칼.

철컥!

어느새 칼은 칼집에 들어와 있었다.

추작도는 잠시 숨을 고른다. 그러나 시선은 조금 전 찔렀던 산죽 잎사귀에 고정되어 있었다.

싸악!

오른손이 왼쪽 옆구리의 칼 손잡이를 쥐고 칼이 뽑혀 나와 산죽 잎을 찌르고 다시 회수되었다.

철컥!

칼은 다시 집으로 들어갔다.

그냥 찌르기만 할 것이라면 굳이 칼집에 넣었다가 다시 뽑아 드는 번거로움을 거칠 필요가 없었다. 그런데 한 번 찌르고 나면 반드시 다시 칼집에 꽂아 넣고 뽑는다.

"왜 그러느냐?"

누군가 묻는다.

어느새 감사울이 다가와 있었다.

사실 추작도에 대한 감사울의 관심은 다른 동료들 이상도 이하도 아니었다.

참 웃기는 친구다.

절름발이 도법(세 가지 도법을 모두 익히지 않고 찌르기 하나만을 익힐 때 황보세가에서는 흔히 그렇게 부름)을 왜 익히는 것일까 하다 이내 그러려니 하는 정도였다.

하지만 오늘 석양녘 골목길에서 있었던 일을 생각해 보면 확실히 저승 문턱에까지 갔다가 온 꼴이었다. 모두가 추작도의 덕이고 도움이었기에 찾아온 것이다.

감사울은 하다못해 본대가 오기 전까지 말벗이라도 되어주려는 것이다.

"대답해 보아라. 찌르기만을 할 것이면 칼집에 굳이 넣었다 뺐다 할 수고를 할 필요가 없지 않느냐?"

추작도는 대답했다.

"하루 종일 칼을 쥐고 다닐 수는 없지 않는지요?"

화악!

감사울의 눈이 커졌다.

사실 그 의미를 깨달아 물은 건 아니었고, 앞서 언급했듯 말 벗이라도 되어주기 위해 생각없이 던진 것이었다. 그런데 듣고 보니 틀린 말이 아니었다.

도객이 칼을 칼집에 넣고 다니지 않고 손에 쥐고 다닌다는 건 지금과 같은 전쟁터에서나 가능한 일이다. 언제 어디서 적이 나타날지 모르므로 손에 쥐고 다니는 것이 불시에 나타난 적을 대항하기에 좋은 것이다.

그런데 평소에 들고 다니면 모두가 이상하게 보거나 보통 사람의 경우 두려워 피할 것이다.

꽈아아앙!

바로 그 순간 감사울의 뇌리를 치는 벼락같은 굉음이 있었다.

—아아아!

속으로 질렀으나 어찌나 컸던지 입 밖으로도 흘러나왔다.

추작도가 어떤 대답을 하여 큰 깨달음을 얻었다거나 아니면 자신만의 놀라운 경험을 했기에 비명에 가까운 소릴 지른 건 아니었다.

언젠가 상당히 오래전 동도악이 쓴 서찰을 품에 안고 대본영을 찾아간 적이 있었다.

대장군은 황보곤, 황보황의 셋째 동생이다.

그가 찾아간 날 황보곤은 무슨 도식 하나를 수련하는 듯 본 영 한곳에서 칼을 휘두르고 있었다. 그런데 지금 추작도처럼 칼을 쥐고 같은 동작을 계속 반복하는 수련이 아니라 한 번 동작을 취한 후 칼집에 넣고 다시 뽑아 휘두르고 넣기를 반복했다.

감히 대장군이기 때문에 그 이유를 묻지는 못했고, 돌아와서 한참 동안 황보곤의 행동이 궁금했다. 그러나 누구도 자신의 질문에 시원하게 대답해 주지 못했는데 지금 우연의 일치인지는 모르지만 추작도가 황보곤과 같은 방법으로 수련을 하고 있기에 놀란 것이었다.

"하, 하면?"

그렇게 하면 어떤 면에서 좋으냐는 질문이었다.

그때까지는 얘기를 들으며 계속 뽑아 찌르고 뽑아 찌르며 수련에 매진하던 추작도가 처음으로 칼을 넣고 몸을 돌렸다.

"발검칠승(發劍七勝)이라는 말을 들어보았는지요?"

그게 무슨 말이냐는 듯 감사울이 바라보았다.

"무당을 개파하신 장삼봉 어른께서 하신 말씀입니다."

장삼봉을 누가 모르겠는가.

오늘 날 무당검의 시조이자 원조.

그래서 감사울은 장삼봉이 했다는 말에 더욱 눈을 빛냈다.

"장삼봉 어른께서 하신 말씀 중에 발검이 승부에 끼치는 영향이 칠 할이라고 했다 합니다. 아니, 어쩌면 전부일지도 모른다고 했다지요."

노련한 강호 경험자와 그렇지 못한 자의 차이라면 바로 그런 정설과 속담과 소문에 대한 정보이다.

강호의 정설과 속담과 소문은 거의가 경험에 의해 옛사람들이 만든 것이다. 그건 곧 하수들의 수련에 큰 도움을 줄 뿐만 아니라 어떤 스승보다 나은 지침서이다.

"그, 그러니까 얼마나 빨리 뽑느냐가 승패에 절대적이란 말 아니냐?"

"그렇습니다. 빨리 뽑아서만 되는 것이 아니라 뽑은 병기가 곧바로 초식으로 연결되어 상대를 압박해야 완전한 발검이라는 것입니다."

감사울의 입이 벌어졌다.

한동안 넋을 놓고 서 있었다. 황보세가에 들어온 이유는 다른 사람과 마찬가지로 입신양명이었다.

—문사는 황실로, 무사는 명문으로.

황보세가 입문 시험에 합격하기 위해 상상할 수 없는 노력을 했고, 세 번 실패하고 네 번 만에 합격했다. 다른 사람에 비하면 자신은 적은 실패였다. 어떤 사람은 열세 번 실패하고 열네 번 만에 들어오기도 했다.

하지만 막상 들어온 황보세가는 그다지 자신을 만족시켜 주지 못했다. 물론 전쟁 중이었기 때문에 도법다운 도법을 배울 수도 없었는데 오늘 추작도에 의해 놀라운 것을 알고 말았다.

개안(開眼), 이런 것을 두고 강호에서는 눈이 열렸다고 표현한다.

―움직이지 않는다!

추작도는 다시 칼을 뽑아 산죽 잎을 찔렀다.

그런데 산죽 잎이 전혀 움직이지 않았다. 작은 바람, 사람은 물론 감각이 극도로 예민한 짐승들이 느끼지 못하는 바람에도 움직이는 산죽 잎을 칼이 구멍을 냈는데도 움직이지 않았다.

밤이어서 잘못 볼 수도 있겠다 싶어 감사울은 온 안력을 돋우었고, 적당히 거리를 좁혀 보았지만 움직이지 않았다.

추작도가 들어온 지 일 년이 되었다. 오는 날부터 지금까지 그는 일류선, 찌르기 식만을 수련했다. 그리고 지금 자신의 눈 앞에서 놀라운 경지를 보여주고 있었다.

탁!

쉿!

발도와 찌르고 회수하는 동작이 완전한 하나를 이룬다.

꿈을 꾸듯 넋을 잃고 있을 때 옷자락 펄럭이는 소리에 감사울은 깨어났다.

사람들이 밀려오고 있었다.

본대(本隊)다.

동도악이 다가왔다.

"확실한가?"

미끼 막사가 아니라 본영이냐는 물음이다.

감사울은 힘차게 대답했다.

"옛, 단주님!"

흘긋!

수련을 멈추고 우뚝 서 있는 추작도를 일별한 동도악이 어느새 운집한 부하들을 둘러보았다.

어둠 속에서 빛나는 눈빛들이 꼭 야수를 보는 듯했다.

오늘 밤 어떤 결과를 낳느냐에 따라 기나긴 전쟁을 끝내고 고향으로 돌아가느냐, 아니면 기약 없는 생사의 회전 속에 끝없이 묶여 있느냐를 판가름한다고 누누이 강조한 탓에 모두가 필승의 결의를 태우고 있었다.

"화대(火隊)!"

사사삭!

오십여 명의 무사들이 앞으로 달려나온다.

왼쪽 옆구리에는 칼을 찼고 등에는 비스듬히 화살이 들어 있는 전통을 메고 있었다. 그런데 화살이 일반적인 것과 다르다. 화살 끝이 뾰쪽한 것이 아니라 주먹만 한 크기의 뭉텅한 흰 덩어리로 되어 있었다.

지시(脂矢), 또는 송시(松矢)라고도 부른다. 화살촉에 소나무에서 흘러나온 송지를 단단하게 뭉친 것이다.

지시는 화공전을 위해 만들어진 화살이었다. 가끔씩 동백기름이나 경지(鯨脂)를 사용하기도 하지만, 공기와의 빠른 마찰에도 좀체 꺼지지 않는 송지를 가장 많이 사용한다.

"포위하라!"

"존!"

사내들이 일제히 어둠 속으로 사라졌다.

동도악의 명령이 나직하게 울려 퍼졌다.

"나머지는 조별로 정해진 위치에서 매복하며 대기하도록."

조장의 인솔을 받으며 조원들은 각자의 위치로 사라졌다.

사조(蛇組)는 계곡 입구를 맡았다.

첨초는 감사울이 이끌었지만 이제는 본대가 도착했으므로 지휘권은 모용탄에게 넘어갔다.

발자국 소리를 죽이며 일행은 계속 입구의 나무와 바위 뒤에 몸을 숨겼다.

땅이 움직인다. 땅이 아니라 지참경을 서는 무사들의 머리가 움직이고 있었다.

모용탄은 주먹을 쥐었다.

─놈들!

한 놈도 살려 보내지 않겠다는 결의를 세웠다.

이곳뿐만 아니라 백도의 대대적인 공세가 오늘 밤 벌어진다. 그것은 승부수였다. 백도가 지닌 모든 힘을 오늘 밤 쏟아 붓는 것이다. 그런데도 완승을, 아니, 완승에 가까운 승리를 기록하지 못하면 위태로워진다.

사람이든 전쟁이든 모든 힘을 쏟았는데 적이 쓰러지지 않으면 이쪽이 위험해지는 것이다.

들려오는 말에 의하면 무림맹주인 소림의 공후 선사까지 백도 무사들의 사기를 돋우기 위해 직접 출전했다 한다.

부엉!

부엉!

어둠을 뚫고 들려오는 부엉이 소리.

동도악이 계곡의 화대를 향해 공격을 하라는 명령이었다.

쉬이익!

오른쪽 산등성이에서 유성이 떨어지듯 불붙은 화살 한 개가 떨어졌다. 그것을 시작으로 사방에서 날아오는 수십 개의 불화살이 막사 위로 떨어졌다.

송지의 무서운 점은 땅이나 물체에 화살이 부딪치는 순간 사방으로 튕겨 나간다는 것이다. 불꽃이 사방으로 튕겨 나가면서 근처는 삽시간에 불바다로 변해 버린다.

"적이다!"

"기상! 기싸아앙!"

지경을 서고 있던 무사들이 땅 위로 올라오며 소리를 질렀다.

소낙비처럼 쏟아지는 불화살에 의해 계곡은 대낮처럼 환해졌다.

화르륵!

와지직!

일부 막사는 불길에 무너지기 시작했다.

본영을 수시로 옮기다 보니 튼튼하게 짓지 않는 이유이기도 했지만 송지의 불길이 그만큼 빠른 기세로 퍼지고 있다는 의미이기도 했다.

깊은 잠에 취해 있던 귀왕문 무사들은 제대로 복장을 갖추지 못했다. 불길을 피해 속옷 차림에 각자의 병기만을 쥔 채 뛰쳐나왔다.

삐이이익!

뒤이어 들려오는 휘파람 소리는 매복해 있는 투사들에게 떨어진 공격 명령이었다.

"와아아!"

"죽이자아!"

함성을 지르며 황보세가의 무사들이 달려들었다.

계곡 곳곳에 은신해 있던 황보세가의 무사들이 일제히 소릴 지르며 공격을 하기 시작했다.

추작도는 가장 선두에 섰다.

아무리 완전한 기습이고 상황이 유리하다고 해도 선두에 서는 것은 위험하다.

반면 귀왕문 무사들에게는 최악의 위기이다.

쥐도 막다른 골목에 몰리면 고양이에게 덤벼든다고 했다. 하물며 인간인데 그 사나움이란 상상을 초월할 것이며 위기에 몰리면 지닌 능력 그 이상을 보일 수도 있다.

인생 경험 풍부한 추작도가 그것을 모르고 앞장서 달려갈

리는 없다.

거친 비바람을 맞지 않고서는 절대 거목이 될 수 없다. 무사
는 수없는 생사를 넘나들 때 강해진다.

—무사가 목숨에 연연하여 어찌 단단해지겠는가.

추작도는 강호 행도 중 명문의 후예들이 삼류들에게 당하는
것을 목격할 때마다 한 가지 사실을 뼈저리게 깨달았다. 풍성
하고 화려한 환경으로 남들보다 빠르게 성장했지만 한 번도
죽음의 비바람을 맞아보지 않았다는 것이다.

—온실 속의 화초.

자신에게 지금 가장 필요한 것은 실전이었다.

작도와 타도를 외면한 자신으로서는 다른 건 몰라도 일류선
하나만큼은 월등히 앞서야 한다. 그러자면 이번 전쟁이야말로
생애 두 번 다시 없을 수련장이었다.

싸우다 죽더라도 어쩔 수 없는 일이었다.

푹!

아랫도리만 겨우 가린 채 달려오던 귀왕문의 무사를 향해
뻗어가는 추작도의 칼.

푸욱!

여지없었다.

사내의 두 눈이 튀어나온다.

"우, 우라질!"

칼을 뽑자 사내는 앞으로 고꾸라졌다.

시간이 없다.

한 명이라도 더 죽여야 한다. 추작도는 귀왕문 무사들이 몰려 있는 곳을 향해 과감히 뛰어들었다.

—구중침투(九衆浸透).

포위된 적일지라도 누군가는 안으로 들어가야 한다. 밖에서만 공격한다는 것은 적을 더욱 단단하게 뭉치는 효과를 가져다준다. 즉, 아홉 겹으로 단단히 뭉친 적을 흐트러뜨리기 위해 들어가는 것을 구중침투라고 한다.

호혈(虎穴)인데도 서슴없다.

"저, 저걸 봐."

"저 인간, 뭐하는 거야. 저거 뒈지려고 작정했구만."

뒤따르던 동료들의 눈이 커졌다.

"엇!"

"아니!"

하늘에서 뚝 떨어지듯 내려선 추작도를 보며 속옷 차림의 귀왕문 무사들이 놀란다.

하나 이내 일제히 검을 휘둘렀다.

쐐애액!

콰아아!

추작도는 당황하지 않았다.

몸을 조금 틀며 칼을 뻗었다.

가장 먼저 야심차게 내려치던 오십가량의 귀왕문 무사의 검이 중간에 멈췄다. 반쯤 떨어지는데 갑자기 뜨거운 벼락이 복부를 뚫고 지나간 것 같더니 움직일 수가 없었다.

—빠, 빠르다.

백전노장(百戰老將), 그는 삼십 년 흑과 백의 전쟁을 처음부터 오늘까지 고스란히 겪어왔다.

그러나 지금처럼 빠른 자도는 장담컨대 처음이었다.

푸푹!

연거푸 귀왕문 무사들의 몸을 파고드는 추작도의 칼.

파고든 신체 부위가 모두 사혈이었다. 아무 곳이나 찌르는 칼이 아니다 보니 일도에 즉사였다.

팟팟!

추작도 또한 신속한 몸놀림에도 불구하고 얕기는 했지만 부상을 입었다. 인간의 눈이 볼 수 있는 건 한계가 있다. 아무리 시야가 넓다고 해도 세 명 이상은 보지 못한다.

적은 무조건 들어오지 않고 자신들의 병기를 충분히 휘두를 수 있는 동료와의 공간을 만들며 온다.

그렇게 구성된 셋을 볼 수 있다는 의미이다. 그러므로 넷이

나 다섯이 오면 나머지 둘은 눈으로 확인이 불가능하다. 그때는 철저히 훈련된 감각과 내공이 전달해 주는 기척으로 분별하고 판단해야 한다.

하지만 지금처럼 주위가 너무 시끄럽고 비명이 끊이지 않는 아수라장에서의 감각이란 조용한 싸움 때와는 많은 차이를 보인다. 시각도 그렇고 감각도 소음으로 무뎌지고 정확하지 않다.

푹!

옆구리가 뜨끔해졌다.

그러나 추작도는 흔들리지 않았다. 옆구리에 검 좀 맞았다고 죽지 않는다.

위기일수록 공격적으로 나가야 하고 방어할 곳이 있다면 무조건 첫째가 다리다.

다리는 적을 죽여주는 역할도 하고 도망가는 역할도 하기 때문이다. 찌르는 건 칼이지만 죽일 수 있는 거리는 다리가 만들어주기 때문에 가급적 하체 보호를 최우선에 둬야 한다는 것이 경험.

슈슈슈!

빗발이었다.

귀왕문 무사들 눈이 커졌다.

생사가 찰나에 결정되는 전쟁터인데도 그들의 눈이 커진 이유는 간단했다.

처음부터 오로지 찌르기만 하는 추작도.

검법이나 도법에는 적지 않은 차이가 있다. 그러나 한 가지는 똑같았다. 양법(兩法) 모두 찌르기가 있다는 것이고, 자신들은 물론 대다수 사람들이 가장 아래라고 여기는 것이 찌르기였다.

속된 말로 기세도 없고 화려함과는 더욱 거리가 멀며 동작 또한 단순하기 때문에 적에게 위협을 주지 못한다.

"큭!"

"으윽!"

그런데 추작도는 찌르기 하나로 벌써 동료 일곱을 저승으로 보내고 있었다.

놀라운 것은 동료가 더 먼저 찌르기를 시도했는데 죽은 사람이 동료라는 것이었다.

―후발착도(後發着刀).

검일 때는 후발착검이라고 부른다.

늦게 뻗어 나왔지만 상대보다 앞서 제압하는 것을 말한다.

빠르다는 것은 무엇과도 비교할 수 없는 위력이다. 그래서 더 빠르게를 외치며 빨라지기 위해 갖은 수고를 마다않는다.

절정의 고수들은 아니다. 그러나 쉽게 찔려 죽을 수준 낮은 동료들이 아니었기에 충격을 받았고, 놀라움은 더욱 귀왕문의 위기를 불러왔다.

"으아아악!"

“컥!”

비명 소리, 살기 위해 내지르는 외침, 하늘 높이 치솟는 불길.

지옥이었다.

죽이고 죽고 피가 흐르고 시체가 쌓이고.

싸움은 갈수록 치열해졌고, 위기에 몰린 귀왕문 무사들은 동귀어진으로 나왔다.

─같이 죽자.

상대가 모질게 나오자 황보세가의 무사들 공격이 잠시 주춤했다. 그러면서 이번에는 황보세가가 밀렸다.

그러나 오래가지는 않았다.

황보세가가 오래 밀리지 않는 선두에는 추작도가 있었다. 누가 보면 귀왕문의 무사로 착각할 만큼 추작도의 공격은 앞만 볼 뿐이었다.

찌르고 또 찔렀다.

부상으로 흑의가 검붉게 변했지만 추작도의 칼은 더욱 냉철하고 흔들리지 않았다.

─일도일살(一刀一殺).

급기야 귀왕문 무사들 입에서 한소리가 흘러나왔다.

"미친놈이다!"

다시 전세가 바뀌었고, 밀리던 황보세가의 무사들이 소릴 지르며 공격에 나섰다.

개인의 싸움이나 전쟁이나 하나 틀리지 않다. 마지막 힘을 쏟았는데도 전세를 뒤집지 못하면 남은 것은 하나뿐이었다.

패배.

귀왕문의 무사들은 도망치기 시작했다.

영리한 인간이 왜 돌아가는 상황을 모르겠는가. 더 이상 싸워봤자 계란으로 바위 치기라는 것을 깨닫고 뿔뿔이 흩어지기 시작했다.

"쫓아라!"

화근이 된다.

삼십 년 참혹한 전쟁.

씨를 말려도 분이 안 풀릴 시간이요 지옥의 세월이었다.

모용탄의 외침이 계곡을 쩌렁하게 울리면서 멀리 동이 터오기 시작했다.

추작도 또한 몸을 날렸다.

바야흐로 추적이 시작되었다.

"어엇!"

부지런히 쫓아가던 감사울이 갑자기 추작도 옆으로 떨어져 내렸다.

감사울은 상당한 피를 흘리고 있었지만 치명상은 아닌 듯했다. 다가온 감사울이 이상하다는 눈초리로 바라보았다.

어젯밤 공격 명령이 떨어졌을 때는 죽고 싶어 환장한 사람처럼 선두에 선 것도 부족해 적이 와글거리는 심장부로 뛰어든 추작도가 아닌가. 그런데 도망자를 추적하는 위험이라고는 없는 명령에는 뒤처져 있었다.

사실 감사울에게는 큰 과제 하나가 생겼다.

그것은 추작도에 대한 생각이었다.

—싸움 시작, 하고 싸우면 그게 싸움입니까?

골목에서의 싸움 이후 아직도 생생한 목소리였다.

단순하게 넘길 수도 있는 말이지만 곱씹어 볼수록 엄청난 의미가 담겨 있었다.

이기는 것이 강하다. 비열한 암습이 아니라면 어떻게 해서라도 이겨야 한다. 적이 전혀 공격해 오리란 예상을 못하고 있을 때 공격하여 효과를 거뒀다는 것도 있지만 자신과는 삶에 대한 가치관, 즉 무사로서의 행동양식이 전혀 달랐다.

강자들은 약자와 생각이 다르다.

세상을 보는 눈이 다르고, 싸움의 전략이 다르며, 어떻게 해야 이기는지를 알고 있다.

추작도가 앞장서지 않는 것 또한 뭔가 틀림없이 이유가 있다는 생각이 들었기 때문에 멈춘 것이다. 두 사람의 신법이 느려지다 보니 어느 사이에 가장 뒤처졌고, 주위로는 단 한 명의 우군도 보이지 않았다.

"왜 공격할 때처럼 앞서 가지 않느냐?"

기어이 물었다.

추작도는 한쪽 콧구멍을 막고 코를 흥 하니 풀었다.

손가락으로 코 밑을 스윽 닦더니 흑의에 훑으며 말했다.

"악에 받쳐 있습니다."

더 도망치면 천축과 새외의 권역이다. 도망치는 흑도의 무사들을 받아주면 구파일방을 비롯한 정파무림과 피의 대립각을 세우는 꼴이 된다. 이미 망해가는 흑도 몇 명 도왔다가 엄청난 적을 만들 이유가 없었다.

더구나 한두 해도 아니고 삼십 년을 싸웠기 때문에 사파, 또한 흑도를 돕는 무리의 개입은 무조건 원수로 지목할 것이다.

"결국 막다른 골목에 몰린 형국이기 때문에 덤벼들 것이란 얘긴가?"

"선배님 같으면 어차피 죽는다면 그냥 죽겠습니까, 너 죽고 나 죽자 하겠습니까?"

감사울은 고개를 끄덕였다.

"그럼 앞으로 어떡해야 하겠나?"

추작도의 말이면 무조건 따르겠다는 눈빛이다.

추작도는 대수롭지 않게 말했다.

"일단은 쫓아야지요. 그러나 느슨하게 쫓아야 합니다. 사방으로 퍼져 흩어질 수 있도록."

"도, 도망을 방조하자는 건가?"

"싫으면 쫓아가든지요? 어차피 전쟁은 이겼습니다. 몇 명 더 죽여 봤자 달라질 것 있습니까?"

할 말이 없었다.

너무나 당연하고 옳은 말이었다.

"삼십 년 전쟁에서 패했습니다. 아무리 뿌리가 깊은 흑도라
고는 하지만 재기를 한다고 해도 최소한 몇 십 년은 걸릴 것입
니다. 정도무림 또한 이겼지만 회복하려면 많은 시간이 걸릴
것입니다."

굳이 적의 수뇌부가 아니라면 정도에서도 크게 신경 쓰지는
않을 것이라는 얘기다.

세상에서 가장 재수 없는 것이 막판에 죽는 것이다.

자신이야말로 떨어지는 가랑잎도 조심해야 할 시기이다.

서서히 날아가는 추작도를 흘긋거리며 살폈다.

─내가 어쩌다 이런 멋진 놈을 만났지?

마음속으로는 고맙고 기쁘다.

자신보다 한참 아래인데도 생각하고 행동하는 것이 다르다.
추작도만 아니었다면 골목에서 이미 죽었고, 거기서 설혹 살
았다고 하더라도 지금쯤 자신의 성격에 비춰 가장 앞장서서
도망자를 추적했을 것이다. 그랬다가 더 이상 도망칠 곳이 없
는 적이 돌아서서 달려들었다면 그야말로 꼼짝없이 당할 것은
불문가지.

더구나 추적을 하다 보면 경계심이 흐트러지고, 그러다 보

면 오히려 적이 만들어놓은 함정에 빠질 위험이 높다.

　이래저래 추작도가 너무나 고맙고 감사한 감사울이 아닐 수
없었다.

*　　　*　　　*

　쫓고 쫓기는 추적은 이곳에서 뿐만이 아니라 흑백 무림이
형성한 모든 전선에서 이뤄지고 있었다. 무림맹의 대공세에
흑도는 끝내 지리멸렬, 도망치기 시작했다.

　─관용을 멀리하라.

　한마디로 두 번 다시 재기하지 못하도록 뿌리를 뽑으란 피
의 명령이 내려졌다.

　더구나 천축과 새외무림에서 흑도의 무사들을 받아들일 것
을 염려하여 무림맹주 이름으로 피의 경고가 내려졌다.

　─만약 우리의 적을 보호하거나 돕는 행위가 발각되면 도발
로 간주하겠노라.

　그러자 기다렸다는 듯 양쪽으로부터 답신이 왔다.

　─우린 중원의 전쟁에 일체 개입하거나 관여하고 싶지 않으

죽지 않는 사내　237

니 염려 말라.

그것뿐만이 아니었다. 중원과 이웃하고 있던 동서남북의 작은 무림 남만(南蠻), 북적(北狄), 동이(東夷), 서융(西戎)에서까지도 서신을 보내 흑도무림인들을 받아들이거나 절대 보호해주지 않을 것을 선언했다.

그러자 흑도는 갈 곳이 없었다.

그러다 보니 추작도의 예측대로 도주하던 그들은 방향을 틀어 덤벼들었다.

말 그대로 이판사판, 동귀어진으로 나오자 엄청난 희생자가 속출했다. 특히 다 이겼다고 한껏 고무되고 방심하던 정파는 상상을 벗어난 타격을 입어야 했다.

황보세가, 그중 이곳 제삼지단에서만 해도 무려 오십 명이 몰살을 당했다. 삼백 명 가까운 수하 중 오십 명이 추격하다 숨졌으니 동도악은 게거품을 물었다.

삼십 년 전쟁 동안 가장 큰 피해라고 흥분하며 피를 토하듯 외쳤다.

―끝장을 내라! 찢어 죽여라!

멀리 천산의 흰 눈이 보였다.

그 너머는 서장이었다.

천산은 가장 높고 춥다. 정상적인 몸으로도 천산을 넘기란 거의 불가능에 가까울 만큼 혹독한 눈의 산.

앞에서는 황보세가의 공격이 있고 뒤로는 천산이 버티고 있다. 설혹 천산을 운 좋게 넘는다고 해도 서장무림에서는 분명히 경고를 보내왔다. 누구든 우리 땅을 밟는 자는 용서치 않을 것이라고.

독안에 든 쥐가 된 귀왕문 무사들은 필사적이었다. 금방 무너지리라는 예상을 뒤엎고 두 달째 동에 번쩍, 서에 번쩍하는 격유전(擊遊戰)이 벌어졌다.

누가 가장 먼저 적장의 목을 베느냐였다.

가장 먼저 전쟁을 끝낸 문파의 명예는 종전 후 평범한 위치에 머무를 수가 없었다. 그것을 알기에 구파일방을 비롯한 오대문파는 필사적으로 적장을 쫓기 시작했다. 황보세가에서도 귀왕문의 문주 추혼혈광 공손피를 잡기 위한 추격조가 은밀히 구성되면서 하루가 멀다고 상부로부터 각 지단주들 또한 상대의 적장을 사살하거나 생포하라는 명령이 빗발치듯 내려왔다.

이곳 삼지단과 맞서고 있는 귀왕문의 최고 책임자는 제오호법이자 귀왕문 서열 팔위 독수룡(獨手龍) 극철(極鐵)이었다. 오른팔 하나뿐인 외팔이 도객.

별호 끝에 용(龍) 자가 붙은 것은 팔이 하나뿐이지만 그의 칼이 용이라는 칭호를 들을 만큼 빼어나다는 뜻이기도 했다.

보름 전 극철을 추적하는 전담조 일곱 명이 편성되었지만 전멸했다. 제삼지단에서는 상당한 칼솜씨를 지녔고 경험이 풍부한 정예라고 할 수 있었는데, 곡아천이라는 천산의 작은 계곡에 온천 하나가 있었다.

그곳에서 놀랍게도 일곱 명 모두 목이 잘려진 채로 발견되었다.

평소 같았으면 당장 추격조를 편성한다거나 복수 운운하며 날뛰었겠지만 예상 밖으로 동료들의 반응은 무덤덤했다.

멋모르고 뒤를 쫓았다 오십 명이 죽은 과거 사건에서 흥분은 금물이고 곧바로 쫓는 것 또한 어리석음을 깨달은 것이다.

소강상태가 열흘째 이어졌다. 굶주리고 고생하기는 이쪽이나 저쪽이나 마찬가지였다. 귀왕문은 그렇다 치더라도 제삼지단 또한 너무 본영과 멀리 떨어져 있다 보니 보급이 제때에 이뤄지지 않아 무사들 대다수가 나물과 열매, 약초 따위로 허기를 채우기도 했다.

그러던 차에 청천벽력 같은 소식이 들려왔다.

이곳으로 오던 보급 마차가 귀왕문 무사들에 의해 탈취당했다는 것이다.

막사라고 해봤자 막료회의용 작은 천막 하나뿐이었다. 나머지 부하들은 근처에 있는 동굴과 바위 아래 움푹 파인 곳에 거처를 정해 추위와 싸우고 있었다.

금방 끝날 줄 알고 쫓는데 신경을 쓰다 보니 미처 장비들을 가져올 생각을 못한 것이다.

"끝났나 본데."

동굴이라고 할 수도 없는 움푹 파인 바위 아래 쭈그리고 앉

아 있던 감사울이 입을 열어 말했다. 그날 이후 감사울은 추작
도만 따라다녔다.

막사가 열리고 모용탄이 모습을 드러내더니 휘파람을 분다.
회의가 끝난 모양이다.

집합하라는 신호에 여기저기 흩어져 있던 사조 사내들이 몰
려들었다.

모두 열여덟이었다.

사태가 장기화된 데다 제대로 먹지도 못하고 며칠 전 극철
의 추격조 몰살로 인해 사내들은 무척 예민해져 있었다. 모용
탄의 굳어진 얼굴에서 벌써 불길한 징후를 읽은 듯 모두가 고
개를 돌려 버린다.

사내들의 예감을 증명이라도 하듯 모용탄이 입을 열었다.

"늑대의 두목을 잡지 않는 이상 우리의 전쟁은 끝나지 않는
다는 것이 단주님의 뜻이다. 각조에서 두 명씩 선발하라는 명
령이다."

아무도 나서려는 사람이 없었다.

전번 일곱은 도법이 뛰어나고 경험이 풍부한 자들을 지명했
지만 이번은 자원 형식이다.

"제가 가겠습니다."

역시 추작도였다.

이미 추작도는 동료들 사이에서도 제정신이 아닌 자라는 소
문이 돌고 있었다.

"한 명이 더 있어야 하는데?"

모용탄의 말이 끝나기도 전에 감사울이 나섰다.

"저도 가겠습니다."

모두가 놀란 표정을 지었다.

기어이 고향으로 돌아가 딸을 보고야 말겠다면서 신중하게 선택하고 움직이던 감사울이다. 그런 그가 자청하여 사지로 들어가겠다고 하자 모두가 놀랐지만 그것이 전부였다.

다른 때 같았으면 말리기라도 했겠지만 이쪽도 여유는 없다.

모용탄은 놀란 표정을 잠깐 지었을 뿐 덤덤한 얼굴이었다.

"자네가?"

"왜요? 제가 가면 안 됩니까?"

"그건 아니지만, 좋아."

모용탄의 표정이 조금 밝아졌다.

가기 싫어하는 부하를 억지로 찍어내듯 지명하여 사지로 보내는 것처럼 괴로운 일도 없는데 스스로 나섰으니 즐겁다기보다는 한시름 놓았다.

"독수."

"예, 조장님!"

탁!

어깨에 손을 얹었다.

"고맙다."

일단 말은 뱉었지만 뭐가 고마운 건지 자신도 잘 모를 일이었다.

“사울이!”

와락!

감사울을 끌어안는다.

사조에서는 둘이 가장 오랫동안 전쟁터를 누볐다. 그야말로 생사의 전우인 것이다.

“돌아와야 해. 기다릴 거야.”

“걱정 마십시오.”

“딸 봐야지.”

“물론이죠.”

추작도와 달리 감사울을 바라보는 모용탄의 눈이 젖고 있음을 동료들은 보았다.

두 사람은 동료들을 향해 가벼운 미소를 지어 보이고 동도악이 머무르고 있는 작은 막사 앞으로 다가갔다.

다른 조에서는 아직 결정이 나지 않은 듯 둘뿐이었다. 하긴 죽음의 길인데 누가 쉽게 나서겠는가.

무려 반 시진 가까이 기다리고 나서야 하나둘 몰려들었는데 모두 소태 씹은 얼굴이요 도살장 끌려가는 황소 낯짝이었다.

총 여덟 명.

그중 얼굴이 좋은 사람은 추작도와 감사울뿐이었다. 그러나 한 가지 놓치고 있는 것이 있었다. 감사울이 어느 때보다 더 추작도 곁에 바짝 붙어서 있다는 것이다. 심지어 추작도가 몸속의 물을 뽑기 위해 아랫도리를 내리자 자신도 따라 내리기까지 했다.

동도악이 나타났다.

그의 얼굴은 비장했다.

"난 귀관들을 믿는다. 하늘이 그대들을 도울 것이다. 반드시 놈을 잡아오길 빈다. 아니, 난 그대들이 기어이 놈을 잡아오리라 확신한다. 놈을 잡아오면 상상을 초월하는 포상이 있다. 분명히 약속한다."

포상의 언질까지 받았지만 누구도 좋아한다거나 표정을 풀지 않았다.

"여기!"

호위병이 술과 잔을 가져와 내밀었다.

무사 귀환을 격려하는 생주(生酒)이다. 적지에 들어가는 부하들에게 지휘관이 생주를 주면 절대 죽지 않는다는 주술 같은 전쟁터의 신앙.

동도악은 일일이 술을 한잔씩 따라 주었다. 사내들은 거절 않고 받아 마셨다.

"부탁한다!"

마지막 사내에게는 거푸 두 잔을 따랐다.

여덟 명을 이끌게 될 최고의 연장자 호조의 위지천이다.

올해 쉰하나로 전쟁터에서 무려 이십 년 경력을 지녔다.

"추웅!"

잘 다녀오겠다는 듯 위지천이 힘차게 포권의 예를 취하며 돌아섰다.

떠나가는 무사들을 보며 동도악의 표정은 조금 전 생주를 따라줄 때와 달리 금세 어두워졌다.

독수룡은 발군의 인물이다. 아무에게나 잡힐 위인이 아니다. 단지 희망이라면 제대로 먹지 못하고 자신들보다 훨씬 높은 천산의 고지대, 즉 추운 곳에 있으므로 체력적으로 한계에 부딪쳐 있을 것이라는 일말의 기대가 전부였다.

주둔지를 떠난 지 한 시진 만에 일행은 흰 눈이 수북한 작은 계곡에 도착했다. 그런데 흰 눈이 녹아 있으며 뜨거운 수증기가 피어나고 있는 작은 연못 하나가 눈에 띄었다. 보름 전 동료 일곱이 죽은 곡아천이었다.

시신을 회수하지 않았는데 짐승들에게 뜯겨 먹은 듯 뼈만 남아 있었다.

평소 같았으면 뜨거운 온천에 뛰어들었겠지만 누구도 들어가지 않았다.

말도 없고 그저 우두커니 서 있을 뿐이었다.

"흐흐흐! 장담하는데 한 놈도 못 돌아간다."

갑자기 수뇌인 위지천이 음산하게 웃었다.

사내들이 노려본다.

위지천은 더욱 음산하게 웃는다.

"흐흐흐! 한심한 새끼들, 사내자식들이 지금 뭐하는 거야. 그렇게도 죽음이 아까웠으며 애초에 칼을 쥐지 말았어야지."

움찔!

몇몇이 놀란 표정을 지었다.

“분명히 말한다. 탈영으로 보고하지 않을 테니 지금이라도 도망치고 싶은 놈은 가라. 난 겁쟁이 놈들과 전쟁하고 싶지 않다. 칼을 쥐었을 때는 칼에 맞아 죽을 각오를 해야 하는 것 아닌가.”

서릿발 같은 힐난과 꾸중을 하던 위지천이 멈칫했다.

한 사내가 백골들을 살피고 있었다.

죽은 시신 곁에 가면 귀신이 달라붙어 생명을 끌어당긴다는 미신 때문에 누구도 접근하기를 꺼리는데 사내는 백골을 이리 뒤집고 저리 뒤집으며 살폈다.

“저 새낀 뭐야?”

위지천은 다가간다.

낮은 목소리로 소속을 물었다.

추작도는 백골에 시선을 고정한 체 대답했다.

“사조 노독수라 합니다.”

“뭐하는가?”

“그냥 한번 봅니다.”

허리를 세우고 돌아보았다.

두 사람의 눈빛이 부딪친다.

예의를 차리듯 가볍게 고개를 꾸벅하고 난 추작도는 다시 백골들을 살폈다.

추작도 곁에는 어느새 감사울이 달라붙었다.

“뭘 보는 건데?”

슬며시 속삭이듯 묻는다.

추작도는 대답을 않고 열심히 여기저기 흩어진 백골들을 보았다. 평소 같았으면 고참이 묻는데 대답을 않는다고 버럭 화를 냈거나 한마디 했을 것이지만 감사울은 기다렸다.

지금까지 겪어본 결과 재미 따위로 백골을 살필 추작도가 아니었다.

팟!

백골을 보는 감사울의 눈이 빛났다.

뼈에 베어지거나 뚫린 곳이 보인다. 칼에 대해서 조금 아는 자라면 찔리거나 베였다는 것을 알 수 있었다. 뼈까지 베지 않아도 생명을 빼앗을 수 있다. 그런데도 뼈까지 베였다는 것은 일곱 명 모두가 극철의 상대가 되지 않았다는 뜻.

극철은 마음껏 칼을 휘둘렀다는 뜻이며, 알려진 것보다 훨씬 높은 경지라는 뜻이다.

일곱 구 백골을 모두 살핀 추작도의 입술이 열리며 나직한 중얼거림이 흘러나왔다.

─자흔(刺痕) 일곱[七], 타흔(打痕) 넷[四], 작흔(斫痕) 둘[二].

일곱 명을 죽이는데 자흔이 가장 많다는 것은 극철의 주특기가 삼종지도 중 자도에 있다는 의미이다.

워낙 단순하여 자도에 정성을 그다지 들이지 않는 도객들인데 극철은 틀렸다.

자신의 주측기도 자도, 극철도 자도이다.

물론 일곱을 해치운 극철이 압도적으로 실력은 높다. 그러
나 상대를 안다는 것은 경험에 비춰 아주 중요했다.
"그만 가자!"
위지천이 몸을 돌렸다.

일행은 위지천을 따라 산을 오르기 시작했다. 발목까지 빠
지던 논은 위로 오를수록 깊어지더니 무릎까지 빠졌다. 제대
로 걷기조차 어려워지는데 지대가 높아지면서 눈발이 날린다.
휘이이!
고산의 날씨는 수시로 변한다지만 바람까지 세차게 불어오
는 것이 심상치 않았다. 흘긋 하늘을 올려다보던 위지천의 표
정이 굳어졌다. 회색 구름이 밀려오는 것이 전형적인 폭풍설
의 징조이다.
폭풍설에 휩싸이면 끝장이다. 아무리 무공이 높고 뛰어난
인물도 휴지조각처럼 날아가 버린다.
"대주."
참지 못하고 뒤따르던 사내 하나가 입을 열어 하늘을 가리
킨다.
구름이 서서히 회전하고 있었다. 보나마나 폭풍설이니 어서
피하자는 의미였다.
"이봐, 명령은 내가 내린다."
위지천은 단호히 한마디 뱉더니 산을 오르기 시작했다.
불만이 가득했지만 누구도 이의를 제기하지 않았다. 위지천

의 말이 곧 법이고 그에게 생살여탈권이 쥐어져 있었다. 전쟁에서, 더구나 특수 임무를 지니고 움직이는 첨초에게 수뇌의 명령은 누구도 침범할 수 없는 절대의 권위를 지닌다.

버언쩍!

하얀 번개가 하늘을 가른다.

―폭풍뇌!

푹풍설이 시작되기 전 치는 번개를 말한다.

구구구구!

하늘로부터 천둥이 울렸다.

마치 지진이 일어나는 듯 하늘이 울리더니 메아리가 되어 천산 곳곳을 때린다. 눈 쌓인 고산의 강한 울림은 눈사태를 불러온다.

꽈아앙!

폭발하는 굉음에 모두가 고개를 돌렸다. 저 멀리 북쪽 절벽의 눈이 무너지고 있었다.

무시무시한 광경에 하나같이 얼굴이 새파래졌다.

쿠류류류!

마침내 거대한 눈 기둥이 만들어지며 거센 폭풍설이 나타났다. 폭풍설은 천산의 깊은 계곡에서 휘몰아쳐 올라오는 바람과 하늘의 바람이 서로 엉키며 만들어지는 거대한 회오리였다.

사막의 용권풍보다 거세어 어지간한 바위도 하늘 멀리 날려 버린다.

바위와 눈이 힘없이 끌려 올라가고 날아가는 모습에 모두의 얼굴은 공포에 젖는다.

더구나 불행하게도 폭풍설은 일행이 있는 곳을 향해 빠른 속도로 다가오고 있었다.

이쯤 되면 하는 수 없었다.

"동굴을 찾아라."

기다렸다는 듯 사내들은 흩어져 근처를 뒤지기 시작했다. 동굴을 찾지 못하면 죽음은 피할 수 없었다.

생존을 위한 사내들의 움직임은 놀라울 만큼 빨랐다.

쿠쿠쿠쿵!

폭풍설은 점점 거리를 좁혀왔다.

옷자락이 폭풍설 쪽으로 펄럭거리며 강력한 흡인력이 느껴진다. 폭풍설의 강한 영향권에 접어들고 있었다. 십여 장만 더 접근해 온다면 모조리 빨려들고 말 것이다. 일부는 동굴 찾기를 포기하고 커다란 바위에 입고 있던 흑의를 찢어 자신의 몸을 묶기 시작했다.

"있다. 여기다."

바로 그때였다. 하나같이 절망의 표정을 짓고 있을 때 남동쪽으로부터 들려오는 외침이었다.

第七章
자도(刺刀)와 자도(刺刀)

검명도살

시위를 떠난 화살처럼 일제히 남동쪽을 향해 몸을 날렸다.

빙굴.

얼음에 뒤덮인 동굴이 있었다. 일행은 앞뒤 가리지 않고 일제히 얼음 동굴 속으로 빨리듯 사라졌다. 그와 같은 순간 쿠쿠쿠쿠 하며 엄청난 폭풍설이 달려들었다.

쩌억!

와르르!

폭풍설의 강한 힘에 바위보다 단단하다는 만년빙이 갈라지고 일부는 쪼개져 내린다.

동굴 안에 종유석처럼 내려온 얼음 기둥들을 붙잡고 매달려 있는데도 끌려 나갈 듯한 강한 압력에 모두가 경악을 금치 못했다. 폭풍설은 반 각 가까이 얼음 동굴을 공포에 몰아넣었다.

"꿀꺽!"

털썩!

단지 얼음 기둥을 붙들고 있기만 했는데도 모두가 지친 표정으로 주저앉았다. 전쟁에서 겪은 공포와는 또 다른 공포에 하나같이 반쯤 넋이 나간 얼굴들이었다.

"흐흐흐!"

모두가 안도의 한숨을 쉬고 있을 때 돌연 음산한 웃음소리가 동굴을 울렸다.

다들 화들짝 놀라며 고개를 돌렸다.

자신들보다 앞서 폭풍설을 피해 들어온 듯 한 사내가 우뚝 서 있었다. 왼팔이 있어야 할 곳에 축 늘어진 소맷자락이 시선을 끌었다.

"도, 독수룡!"

누군가의 절규에 가까운 외침이 터져 나왔다.

오랜 도망자 생활을 반증이라도 하듯 피로 얼어붙은 혹의와 헝클어진 머리카락, 검게 탄 얼굴은 마치 거리를 떠도는 부랑아 같았지만 오직 한 곳, 두 눈에서는 형형한 광채가 뇌전처럼 뿜어 나왔다.

"동도악의 졸개들."

극철은 천천히 다가왔다.

그의 오른손에는 한 자루 칼이 쥐어져 있었는데 곳곳에 핏자국이 묻어 있었다.

주춤!

상대가 다가오자 이쪽에서 뒤로 물러섰다.

잔뜩 칼을 쥐고 있지만 누구도 앞장서 공격하지 않는다. 얼굴에는 두려움과 긴장이 팽팽했다.

"큭큭! 가뜩이나 피 맛이 그리웠는데 잘 왔구나. 어느 놈 모가지부터 구멍을 내주랴."

기선 제압의 목적인 듯 극철이 뱉어내는 말마디가 섬뜩했다.

"덤벼라. 누가 먼저 죽고 싶으냐? 고통 없이 한 방에 뚫어주겠다."

슉!

극철의 오른손에 쥐어진 칼이 섬광을 일으켰다.

"컥!"

가장 가까이, 그래도 이 장쯤의 거리였는데 한 사내의 목구멍에서 피가 콸콸 쏟아졌다.

쿵!

사내는 비명도 지르지 못하고 엎어졌다.

얼음으로 된 바닥에 붉은 피가 흥건하게 흐른다.

―졌다!

맨 나중에 피했기 때문에 추작도는 동굴 입구에서 가장 가깝게 있었다.

극철은 기세에서 완전히 이쪽을 압도해 버렸다.

말로써 기를 눌렀고, 기습으로 한 명을 죽임으로써 상황까지 점령해 버린 것이다. 그것은 언뜻 아무것도 아닌 듯 보이지만 노련한 인물이 아니고서는 보여줄 수 없는 치밀하고 계획적인 전략이었다.

많이 죽여도 이쪽의 기세를 꺾지 못하는 싸움이 있고 죽이지 않았는데도 이쪽의 사기를 짓눌러 버리는 전략이 있다. 흔히 생사의 신경전이라고 부르는데, 극철은 그것을 매우 뛰어나게 구사하고 있었다.

"황보황도 해도 너무했구나. 이렇게 어린 너희를 전쟁터에 보내서 뭘 얻겠다는 것이더냐. 천하에 비겁한 놈 같으니, 보내려거든 자기 아들을 보낼 일이지."

쉭!

첫 번째 사내가 죽자 하나같이 더욱 경계를 끌어올린다. 그러나 시간이 흐르면서 팽팽하게 끌어올려진 경계심은 자신도 모르게 조금 느슨해지고 신경 또한 풀어진다. 거기다 극철은 이쪽이 품고 있던 상부에 대한 불신과 불만, 즉 황보황을 욕하여 한 단계 더 경계심을 흐트러뜨리고 벼락처럼 공격을 했다.

"컥!"

두 번째 사내가 엎어졌다.

이번엔 명치가 뚫렸다.

"쳐라!"

위지천은 그제야 상대의 전략을 읽어내고서 명령을 내렸다.

사내들이 일제히 몸을 날렸다.

육 대 일.

그러나 싸움은 이미 절반은 끝나고 있다는 것이 추작도의 시각이었다.

전쟁터에서는 사기에 살고 사기에 죽는다.

가뜩이나 극철에 대한 두려움이 큰 마당에 두 명의 동료가, 극철은 치밀한 전략이었지만 이쪽의 눈에는 무기력하게 죽자 투기가 급속히 떨어졌다.

슈슈슉!

강렬한 빛이 폭발했다.

얼음 동굴이다 보니 마치 거울에 반사되듯 빛은 달려드는 무사들의 시야를 순간적으로 방해했다.

"크윽!"

"악!"

짧은 비명이 터지며 나동그라지는 두 사내.

견정혈과 신궐에서 피가 흘러나온다. 극철의 칼은 그냥 찌르는 것이 아니라 두 번 다시 반항을 못하도록 치명적인 사혈만을 정확히 공격했다.

남은 사람은 넷.

"안락지공(雁落之功)!"

위지천이 크게 외쳤다.

순간 네 사람은 동시에 동서남북에서 상대를 찔러 들어갔다.

안락지공은 평사낙안(平沙落雁)에서 유래된 전술이다. 모래
밭에 기러기가 내려앉을 때 보면 똑같이 앉는다. 단 한 마리도
늦게 내리고 빨리 내리지 않는 기러기처럼 동시에 공격하는
수법이다.

뛰어난 전술일수록 장단점 또한 크게 있다. 안락지공 또한
마찬가지이다. 동시 공격을 하므로 상대에게 방어의 기회를
주지 않는 필살의 득(得)이 있는 반면 실패했을 때는 모두의 공
격이 허탕을 쳤기 때문에 잠시 멈춤 상태가 되어 강력한 역습
을 불러온다.

쐐액!

콰아아!

네 군데서 베고 휘둘러 오는 무지막지한 도법.

화악!

제아무리 독수룡이라고 해도 극단적인 안락지공이면 온전
할 수 없었다. 그런데 추작도의 눈이 커졌다.

—갈혜(葛鞋).

흔히 설피로도 부르는 눈이나 얼음 위에서 신는 신발이다.

지금 극철의 신은 갈혜였다. 손가락 굵기의 칡넝쿨을 신발
에 둘둘 감고 있었다.

그러다 보니 미끄러지지 않았다.

그에 반해 이쪽 무사들은 평범한 신발이었다. 더구나 있는

힘을 다해 칼을 휘두르다 보니 미끄러움으로 몸이 휘청거리면
서 칼끝이 흔들렸다.

푹!

싹!

둔탁한 두 번의 파육음.

극철의 칼은 한 사내의 목을 뚫었고, 옆에서 날아오는 위지
천의 칼에 옆구리가 베어졌다.

위지천, 감사울, 추작도.

삼 대 일.

압도적인 우세였지만 추작도는 안심하지 않았다.

상대는 백전노장인데다 갈혜까지 신었다. 아무리 뛰어난 고
수도 다리가 제대로 상체의 중심을 붙들어주지 못하고 흔들려
버리면 위력은 형편없어진다.

맨땅이라면 이쪽이 월등히 우세하겠지만 한 걸음 내디딜 때
마다 미끄러움에 휘청거리므로 승부를 장담할 수가 없다.

"개자식!"

위지천이 악을 쓰며 달려들었다.

그 또한 불리하다는 것을 모르지 않겠지만 많은 수하를 잃
었다는 분노에 무자비하게 칼을 휘둘렀다.

하나 세 걸음을 다가가지 못하고 휘청거렸다. 타도나 작도
는 동작이 크기 때문에 얼음 위에서는 발이 미끄러질 확률이
높다. 위지천의 칼끝이 처음에서 조금 비켜났다.

슥!

극철은 옆으로 반걸음을 움직이며 칼을 뻗었다.

절제되었고 흔들리지 않는 칼.

사족(蛇足)이 없어 단순하면서도 명쾌무비하다고밖에 달리 표현할 길이 없었다.

"으음!"

위지천이 묵직한 신음을 흘렸다.

주르르!

넘어지지 않기 위해 발버둥치지만 이미 그에게서 생의 의식은 떠나가고 있었다.

철퍼덕!

얼음판 위로 엎어지고, 순식간에 근처가 피로 홍건히 젖는다.

남은 사람은 추작도와 감사울.

그나마 싸울 생각이 전혀 없는 듯 감사울은 추작도 뒤에 서 있다.

꿈틀!

추작도를 바라보는 극철의 눈썹이 움직였다.

—다르다!

본능적으로 다르다는 것을 느낀 것이다.

위아래로 훑는다.

"넌 누구냐?"

추작도는 빙긋 웃었다.

"영광입니다. 소생은 노독수라고 합니다."

그러나 속으로는 어린놈의 새끼가 말버릇 하곤 하며 중얼거렸다.

"노독수?"

"훌륭하십니다."

극철의 눈이 커졌다.

자신은 상대 입장에서 보면 원수다. 찢어 죽여도 시원치 않을 텐데 자신을 칭찬한다. 상대는 야유가 아닌 진심에서 우러난 칭찬이었다. 극철은 뭔가 이상하다는 듯 한참을 살피며 고개를 갸웃거렸다. 이십대라고는 볼 수 없는 여유.

"흐흐흐! 제법이구나."

극철은 이내 심리전이라고 판단하여 빠르게 찔러왔다.

찌름은 몸을 크게 움직이지 않아도 되는 동작이기 때문에 미끄럼을 덜 탄다.

쉭!

쉭!

"어어엇!"

상대가 마주 찔러올 줄은 꿈에도 생각하지 못했다.

찌르는 동작이다 보니 다른 사내들처럼 미끄러지지도 않았다.

더구나 더욱 놀라운 건 빠르기였다.

평생을 찌르기 하나로 살아온 자신의 칼과 비교해도 뒤처지지 않는 속도.

둘 다 칼끝은 명치를 노렸다.

명치는 사혈.

찔리면 무조건 죽는다.

누군가는 피해야 한다. 그렇지 않으면 꼼짝없이 동귀어진이었다.

그러나 노련한 극철이 칼끝을 돌릴 리는 없었다. 오랜 경험에 비춰 거의가 막판에 튼다.

추작도 또한 웃음을 지었다. 너 죽고 나 죽자 식의 싸움을 한두 번 했던가.

평생을 동귀어진의 각오로 살아온 자신이다.

자신은 무명이고 최소한 극철의 눈에는 어린놈이었다. 반면 극철은 소문난 도객이었다. 누가 밑지는 싸움인지는 굳이 계산할 것까지도 없었다.

쉬이이!

추작도는 맘 놓고 찔렀다.

이거야말로 밑져야 본전 아닌가.

극철의 눈이 가늘어졌다.

워낙 빨라 육안으로 구별이 되지는 않았지만 본능적으로 자신의 칼이 조금 앞섰다.

먼저 찌를 것은 분명했다. 그러나 찌르고 피할 시간적 여유가 있을 만큼의 차이는 아니라는 것이 문제였다. 먼저는 찌르겠지만 자신 또한 상대의 칼을 피하기란 불가능했다.

휘익!

방법이란 찔러가던 칼끝을 돌려 찔러오는 추작도의 칼을 쳐내는 것 말고는 없었다.

카앙!

두 칼이 부딪치자 불꽃이 우수수 떨어진다.

추작도는 터져 나오려는 신음을 가까스로 삼켰으며, 강한 충격에 칼자루가 손아귀에서 반쯤 돌아버렸다.

쉭!

어느새 초식을 가다듬어 다시 찔러오는 극철의 칼.

―역시!

추작도는 마음에서 우러나오는 감탄을 흘렸다.

확실히 고수는 다르다.

극철이라고 왜 충격을 받지 않았겠는가. 자신보다는 못해도 칼질을 하는 데 차질이 생겼을 것이다. 물론 고수이기 때문에 자기 같은 하수의 눈에는 잘 보이지 않을 만큼 미세하겠지만 흔들림은 있었을 것인데도 물결처럼 부드럽게 파고드는 유연함이란.

슝!

추작도 역시 다시 찔러갔다.

처음과 달리 칼끝의 위치가 좀 더 차이가 났다. 충돌하고 난 다음 연결성에서의 차이였다. 반탄지기를 자신의 내공으로 다

스려 줄인 후 곧바로 공격으로 돌리는 이어짐에서 극철이 앞
선 것이다.

먼저 찔릴 것이 분명했지만 추작도는 전혀 쳐낼 의도를 보
이치 않았다.

멈칫!

극철의 눈이 다시 흔들렸다.

처음보다 차이가 더 있었다. 그러나 아직도 완전히 피할 만
큼의 차이가 아니었다.

대신 급소는 피하겠지만 자신의 몸에도 칼 구멍이 생길 것
은 뻔했다. 몸에 구멍이 생기면 급소를 피했다고 해도 움직임
에 많은 영향을 끼친다. 더구나 천산의 추위는 작은 부상도 죽
음으로 이끌어가는 악마의 이빨이라 할 만했다.

칵!

또다시 쳐냈다.

그리고 앞서처럼 추작도의 칼을 쳐낸 극철의 칼은 어느새
잘 정돈되어 무서운 속도로 찔러오고 있었다.

추작도를 향한 세 번째 공격.

추작도의 눈이 갑자기 커졌다.

―봐, 봤다!

지금의 상황은 약간의 시간 차이만 있을 뿐 누가 보더라도
추작도가 죽는 것은 기정사실이었다. 최소한 서너 합만 더 주

고받다 보면 두 사람의 칼 속도는 현저히 차이가 날 것이고, 추작도의 몸에 극철의 칼은 여지없이 구멍을 내고 말 것이다.

그런데 추작도의 두 눈에 피어나는 환호와 같은 이채.

자신의 칼을 쳐내자 극철의 칼은 반탄강기로 튕겨 나갔다. 찌르기 위해 자리를 잡고 있어야 할 위치와 각도를 벗어난 것이다. 좋게 표현하면 자신의 칼에 그만큼 힘이 실린 탓이라는 증거이긴 하지만, 아무튼 흔히 도객들 사이에서는 이런 현상을 탈선(脫線)이라고 부른다.

무사들은 칼이 가는 길을 도선(刀線)이라고 한다.

탈선이 되면 칼을 끌어당겨 와야 한다. 탈선한 칼을 끌어와 도선 안으로 집어넣어 식을 만들고 내공을 칼에 삽입하는 단계. 비록 고수일수록 그 시간은 한 호흡일 만큼 아주 짧지만 어쨌든 원래의 위치로 칼을 놓고 공격한다.

그동안 추작도는 말 못할 고민에 싸여 있었다. 탈선이 되었을 때 귀선으로 돌아오는 단계가 너무 부자연스러운 것이다. 부자연스럽다는 것은 시간이 많이 걸린다는 것이고, 그것은 싸움에서 죽음으로 연결되는 일이었다.

다른 어떤 도법보다 자도는 빠름이 생명이다.

늦으면 무조건 죽는다.

백지 한 장 차이로 생사가 결정되는 무공이 자도이다. 탄목석(彈木石)이라고 있었다. 바위지만 나무와 고무를 섞어놓은 듯 탄력성이 아주 좋다. 물론 손으로 누른다고 해서 들어간다거나 하는 정도는 아니지만 강한 힘으로 찔렀을 때 찌르는 힘

만큼 퉁겨낸다. 손목에 힘이 약한 사람이 잘못 찌르면 강한 반
탄력으로 인해 내상을 입거나 뼈가 부러지고 근육이 찢어진
다.

상대와 자신의 칼이 충돌하여 일어나는 반탄강기에 칼이 밀
렸을 때 어떻게 빨리 귀선(歸線)해야 하는지 탄목석을 놓고 많
은 수련을 했다.

그렇다고 반탄강기를 줄이고자 살살 찌를 수도 없다. 그건
자살 행위니까.

직접 적을 상대하듯 혼신을 다하다 보니 내상을 입기도 했
으며, 특히 오른 팔목과 팔꿈치, 어깨로 이어지는 부위는 성한
데가 없었다.

자기의 통제를 벗어나 버린 칼을 어떻게 하면 빠르고 부드
럽게 몸에 무리가 가지 않게 끌어와 다시 공격하거나 상대의
공격을 막아내느냐.

―틀림없는 방기연(放氣緣)이었다!

사실 추작도의 눈은 정확히 보았다. 그러나 잘못된 부분 하
나가 있었다. 그것은 자신이 지금 본 장면은 방기연이 아니라
는 것이었다. 방기연은 반탄강기에 휩쓸리는 칼을 억지로 끌
어오지 않고 방치하듯 하면서 자연스럽게 칼끝을 돌려 곧바로
공격하는 기법이다. 아무나 단시일 내에 터득할 수 있는 것이
아니고, 이 또한 무공처럼 식이 있었다.

그러나 지금 극철이 시전하고 있는 것은 정확히 말하면 사량발천근(四兩發千斤)이었다.

방기연과는 차원이 다른 고도의 기예.

넉 냥으로 천근의 힘을 발휘하는 기법이다. 적이 천근의 힘으로 공격해 올 때 천근의 힘이 있어야 밀리지 않는다. 그러나 기운만 살짝 바꿔주는 데는 넉 냥의 힘으로도 충분하다고 하여 붙여진 식(式).

손바닥에 느껴지는 충격으로 인해 인정사정없이 쳐내는 듯 보이지만 실상 극철은 방향만 바꿔주고 있었다. 사량발천근의 위력은 그러하다.

사량발천근까지는 몰라도 방기연까지 읽어냈다는 것만 해도 대단한 발견임에는 분명했다. 보았다는 건 깨달았다는 의미.

카캉!

칼이 부딪치자 조금 전과 달리 추작도의 칼도 반원을 그리며 다시 찔러간다.

순식간에 돌변한 칼질에 극철의 눈이 커졌다.

수직과 수평으로만 움직이던 칼이 서툴지만 원을 그리며 찔러 들어오는 것이 틀림없는 사량발천근의 아래인 방기연이었다. 앞서 볼 수 없었던 칼의 움직임.

슈슈슈!

쉬쉭!

극철이 삼 초를 찔러왔다.

삼 초지만 일 초로 보일 만큼 빠르다. 일 초에서 삼 초로 늘렸다는 것은 속도가 그만큼 벌어졌기 때문이다.

유일한 방법은 맞서서 삼 초를 찔러가는 것이었지만 추작도는 이 초밖에 찌르지 못했다.

"컥!"

추작도는 휘청하며 뒤로 한 걸음 물러났다.

왼쪽 하복부에 피가 흘러내린다. 다행이었다. 조금만 아래 하체를 찔렸다면 위험할 뻔했다. 가뜩이나 미끄러운 얼음 위인데 다리를 마음대로 움직이지 못한다는 것은 끝장이다.

파팟!

극철의 눈이 더욱 빛난다.

두 치 이상 깊숙이 찔렸기 때문에 얕은 상처가 아닐 것인데도 표정도 자세도 전혀 흐트러짐이 없었기 때문이다.

"너 누구냐?"

극철은 처음 맞섰을 때 물었는데 또 같은 질문을 했다.

적을 만나면 느낌이라는 것이 있다. 가슴을 짓누르는 범접할 수 없는 기운을 풍기는 자가 있는 반면, 아무리 고수일지라도 해볼 만하다는 자신감이 생기는 인물이 있다.

황보세가의 무사로 갓 스물 전후의 아이라면 말 그대로 강호 초년생이다. 그런데 가슴이 답답할 만큼 풍기는 여유와 쉽게 꺾일 것 같지 않는 도도함.

"자꾸 묻는 것을 보니 이상한가 보구나."

"엇!"

극철은 자신도 모르게 경악성을 터뜨렸다.

스무 살 전후로밖에 보이지 않는 아이의 질문 속에 범접하기 어려운 노련함이 풍겼다.

더구나 말까지 놓았는데도 불쾌한 감정이 일체 일어나지 않았다.

"정말 좋은 칼이다."

추작도의 공세가 시작되었다.

쉭!

쉬쉬쉬- 익!

쉼없는 찌르기.

극철은 상대가 필승의 의지를 넘어 동귀어진으로 나오고 있음을 알 수 있었다.

방기연 때문인지 아까보다 훨씬 연결 동작이 부드러워져 칼은 더 빨라졌다. 그러나 자신의 칼에 비하면 아직 부족해도 폭풍처럼 찔러대니 쉽게 우세를 점할 수가 없었다.

카카카카캉!

쇳소리와 불꽃이 쉬지 않고 터졌다.

추작도의 몸에는 크고 작은 상처가 벌집처럼 만들어지기 시작했고, 바닥은 떨어진 피로 벌겋다.

-패 죽일 놈!

감사울은 어디로 숨었는지 코빼기도 보이지 않는다. 이럴

때 옆에 서 있어주는 것만으로도 극철의 신경을 분산시키는
효과를 가져 온다.

푸푹!

극철의 칼이 갈수록 몸을 깊이 찌른다. 실력의 우세가 노골
적으로 드러나고 있었다.

기호지세.

죽을 때 죽더라도 이제 찌르며 맞싸우는 것 말고 다른 방법
은 없었다.

쒸잉!

추작도의 칼이 전광석화와 같이 뻗어갔다.

빠름도 오래 지속되면 눈에 익는다. 하물며 극철 같은 도객
의 안목이라면 완전히 눈에 익었다고 봐야 했다. 그런 까닭에
처음과 달리 칼을 쳐내는 동작 또한 여유가 넘쳤다.

"어엇!"

사량발천근의 식을 취하던 극철이 소스라쳤다.

갑자기 추작도의 칼끝이 두 개가 되었다. 마치 두 개로 나눠
진 칠점사의 혓바닥 같았다. 지금까지는 하나였고 또한 어느
정도 승리를 확신했기에 잠시 경계심이 느슨해진 탓도 있었
다.

캉!

하나는 막았지만 다른 하나는 막지 못했다.

푹!

다른 하나의 칼은 환도혈(環跳穴)을 뚫어버렸다.

환도혈은 하체를 움직이는 하복부 바로 아래 있다. 천하장
사도 환도혈을 다치면 걷지 못한다. 환도혈이 더욱 위험한 것
은 하체뿐만이 아니라 상체를 움직이는 데도 영향을 준다는
것이다.

쉭!

환도혈이 뚫려 멈칫하는 사이에 파고드는 칼을 피하기란 불
가능했다.

푸우욱!

아랫배에 불이 들어온 듯 뜨겁다.

아주 깊숙이 칼이 박혔음을 느끼게 해주는 일도이다.

기회를 놓칠 추작도가 아니다.

슈슈슈슈!

마치 목을 끌어안고 상대의 아랫배에 칼을 쑤셔 넣듯 극철
의 복부에 박히는 칼.

주르르륵!

벌건 핏물이 바닥을 적셨고, 갈혜를 신었음에도 제대로 서
지 못하고 비틀거렸다.

극철은 천장에서 바닥으로 내려온 얼음 기둥을 붙잡고 헐떡
거렸다.

"조, 조금 전 그 칼은?"

추작도는 말했다.

"와풍도."

"아아!"

극철의 입에서 탄성이 흘러나왔다.

칼을 알기에 와풍도를 알고 있었다. 자신도 한때 와풍도를 익히려다 포기했다. 그건 수련이라기보다는 도박이었고, 무인의 길을 포기하느냐 마느냐 하는 생사의 선택이었다.

뼈가 골절되거나 뒤틀리는 건 괜찮은데 근육에 문제가 생기면 두 번 다시 칼을 쥘 수가 없는 가장 위험한 도기가 와풍도이다. 자신이 알기에 강호에서 와풍도를 시전하는 인물은 아직 보지 못했다.

내공으로 검이나 칼끝을 퉁겨 두 개, 세 개로 만드는 탄도보다 더 어렵다는 와풍도.

"저, 정녕 스무 살의 청년인가?"

가장 궁금했던 모양이다.

추작도는 잠시 망설였다.

둘러보아도 감사울은 보이지도 않는다. 나머지는 모두 죽어 이미 얼음이 되어 뻣뻣해졌다.

추작도는 간략히 말해주었다, 적이지만 자신에게 칼에 대한 안목을 상당히 넓혀준 도객이기에.

예상대로 극철은 소스라칠 듯 놀랐다. 그러더니 이내 고개를 끄덕이며 작은 미소를 짓는다.

"서, 선배님!"

"당치 않소."

추작도는 손을 내저었다.

잡객인 자신과 귀왕문 서열 팔위 독수룡 극철은 하늘과 땅

차이다.

"바, 반드시 꿈을 이룰 것임을 믿어 의심치 않습니다."

추작도는 자신의 이름을 딴 문파 하나 세우는 것이 꿈이라고 말했다.

"자, 잘 보십시오."

극철이 갑자기 오른손을 허공에 휘젓기 시작했다.

힘이 빠져나간 듯 떨림이 심했고, 느렸지만 뭔가를 그리고 있었다.

―바, 방기, 아니, 혹시 사량발천근!

방기연이라고 말하려다 조금 틀렸다.

극철이 고개를 끄덕인다.

"도객, 특히 자도를 절기로… 쓰기 위해서는 사, 사량 발천근은 피, 필수… 다, 다시……."

다시 보여줄 테니까 잘 보라는 뜻이었다.

또다시 극철의 오른손이 허공을 젓기 시작했다.

사량발천근만 익힌다면 천군만마를 얻는 것이나 마찬가지다.

스윽, 스스스스!

갈수록 손의 움직임이 느려졌다.

몸에서 힘이 빠져나가고 있음이다.

툭!

끝내 허공을 휘젓던 손이 무너지듯 떨어져 내린다.

주르르!

기둥을 끌어안고 힘없이 미끄러진 극철의 입가에 미소가 걸렸다.

잠시 극철을 바라보던 추작도는 가만히 다가갔다. 왜 웃는 것일까. 더구나 적에게 죽었는데도 극렬의 입가에는 행복해 보이기까지 한 미소가 걸려 있었다.

스윽!

추작도는 쭈그리고 앉아 손바닥으로 극철의 눈을 감겨주었다.

반듯하게 얼음 위에 눕혀놓고 그는 천천히 몸을 돌렸다. 동료들이 흘린 피는 어느새 얼음의 일부분이 되었고, 동굴 안은 피에서 풍겨 나온 비린내가 물씬했다.

아무리 주위를 살펴도 감사울의 모습은 보이지 않았다. 필시 자신과 극철이 싸우고 있는 틈을 이용해 도주했으리라.

추작도는 몸을 날렸다.

―다르다!

오랜만에 지켜보는 보는 눈이 없었기에 전력을 다해 신법을 펼쳤다. 누군가 영단의 생명은 복잡하다고 했다. 그냥 복용하고 끝내면 단순한 효능을 얻는 것으로 끝나지만 규칙적인 운기조식으로 끊임없이 진기를 주천(周天)하면 약효는 끝없이 성장한다고 했다. 물론 추작도에게 운기조식의 우선 목적은 피로를 풀기 위한 것이었다. 동일한 수련을 해도 젊은 사람과 달리 몸에 쌓인 피로가 빠르게 회복되지 않기 때문에 부족한 부분은 운기조식으로 씻어냈다.

그러다 보니 아침저녁으로 하루도 빠지지 않고 운기조식을 했는데 금핵단의 약효가 극한으로까지 발휘되는 듯 처음 복용했을 때보다 한결 나아진 느낌이었다.

순식간에 주둔지 근처에 도착했다

신법을 멈추고 천천히 걸어갔다.

"누구냐!"

사람은 보이지 않고 날카로운 외침만이 들려온다. 어디선가 경계병이 잔뜩 위장을 한 채 자신을 발견한 것이다.

예상대로 소리가 들려온 이십여 장 전방으로 조그만 바위가 꿈틀거렸다. 깊이 파인 참호에 들어가 머리에 이끼를 가득 뒤집어쓰고 있어서 꼭 바위 같았다.

"어어, 자네는 독수 아닌가?"

밖으로 나온 경계병이 놀란다.

추작도가 왜 그러느냐는 눈빛으로 보자 경계병은 당황해했다.

"이게 어떻게 된 거야? 사울이 놈이 모두 전멸하고 자신만 간신히 살아남았다고 했는데."

그러더니 경계병은 동도악이 머무는 작은 막사를 향해 달려가며 소리쳤다.

“단주님, 돌아왔습니다! 생존잡니다! 추작도가 돌아왔습니다!”

조용하던 주둔지에 울려 퍼지는 경계병의 목소리에 여기저기 동굴과 바위틈에 은신해 있던 사내들이 모습을 드러냈다.

“어랏!”

“저, 정말 살았다.”

“이 자식!”

모용탄이 달려와 힘껏 끌어안는다.

“왔구나, 자식. 진짜.”

직계 부하다.

“추웅!”

추작도는 다가온 동도악을 향해 힘차게 외치며 포권했다.

“모, 모두 죽었다고 들었노라.”

그때 사람들 시선이 한곳으로 몰렸다.

감사울이 다가오고 있었는데 사색이 되어 있었다.

동료들을 버려두고 도망쳤다는 사실이 알려지면 현재 독이 오를 대로 오른 동도악의 기분 상태로 보아 즉결 처형을 피할 수 없다.

덜덜덜!

감사울의 양 무릎이 세차게 떨리고 있음을 추작도는 보았다.

“말하라. 넌 분명히 모두가 극철의 칼에 죽었다고 했다.”

동도악의 날카로운 시선이 칼끝처럼 감사울의 가슴을 들쑤

셨다.

추작도가 말을 가로챘다.

"저, 저도 죽은 줄 알았습니다. 그런데 잠시 기절했더군요. 놈의 칼을 피하려다 미끄러져 얼음에 머리가 부딪치면서 정신을 잃어버린 것입니다."

여기저기서 고개를 끄덕인다.

충분이 벌어질 수 있는 상황이다. 얼음 위를 걷다 자칫 뒤로 넘어지기라도 하면 뇌(腦)에 큰 충격이 가해져 죽을 수도 있다.

"계속 말하라."

"깨어나 보니 모두 죽고 극철이 칼의 피를 닦으며 뒤돌아서고 있었습니다. 바로 그 순간을 노리고 공격했습니다."

"어찌 됐나?"

동도악의 눈이 빛을 뿌렸다.

"운 좋게도 속하의 칼에 그는 숨을 거두었나이다."

탁!

동도악은 멱살을 거머쥐었다.

핏발 선 눈으로 외쳐 물었다.

"정말인가? 정말로 극철이 죽었단 말이냐? 확인시켜 줄 수 있느냐?"

"캑캑! 예, 캑캑!"

주위 사내들 모두 놀라움을 터뜨렸다.

"극철을 죽여?"

"가보자. 죽였다면 시신이 있을 것 아냐."

모두가 믿지 않는 얼굴들이었다.

동도악은 멱살을 놓고 다시 물었다.

"분명한가? 안내하라. 내 직접 극철을 확인하겠다."

추작도는 동도악과 동료들을 데리고 얼음 동굴을 향해 몸을 날렸다.

얼음 동굴에 도착한 모두가 입을 쩌억 벌렸다. 붉게 얼어버린 핏물과 여기저기 흩어진 동료의 주검들.

그러나 그들의 눈은 한쪽에 고정되었다.

"극, 극철이다."

"놈이 틀림없다!"

그토록 괴롭혔고 애를 태웠던 적장의 시신.

동도악은 믿어지지 않는다는 듯 몇 번이나 얼굴을 확인하고 또 확인했다.

"이런 개자식!"

흥분한 부하가 칼을 뽑아 시신을 내려치려 했다.

탁!

추작도가 가로막았다.

"뭐야? 비켜!"

"죽은 사람이다."

"저 새끼 손에 얼마나 많은 우리 동료가 죽은 줄 알아! 빨리 비키지 못해!"

추작도의 눈에서 분노의 광채가 쏟아져 나왔다.

"다시 말하겠다. 죽은 사람이다."

움찔!

사내가 멈칫했다.

추작도의 눈빛은 그야말로 등골이 서늘할 만큼 매서웠다.

"죽으면 은(恩)도 원(怨)도 끝이다. 무사는 죽으면 모든 것을 화해한다."

"맞는 말이다. 칼을 거두라."

동도악이 말했다.

사내는 칼을 거두었다. 그러면서 추작도에게서 시선을 떼지 않았다.

─도, 도대체 저 자식은!

추작도는 항상 말이 없고 놀려도 반응이 없고 약을 올려도 히죽 웃을 뿐이었다. 그래서 사내는 그가 약간 모자란 놈이라고 생각했다. 그러나 단언컨대, 태어나 그렇게 무서운 눈은 처음이었다.

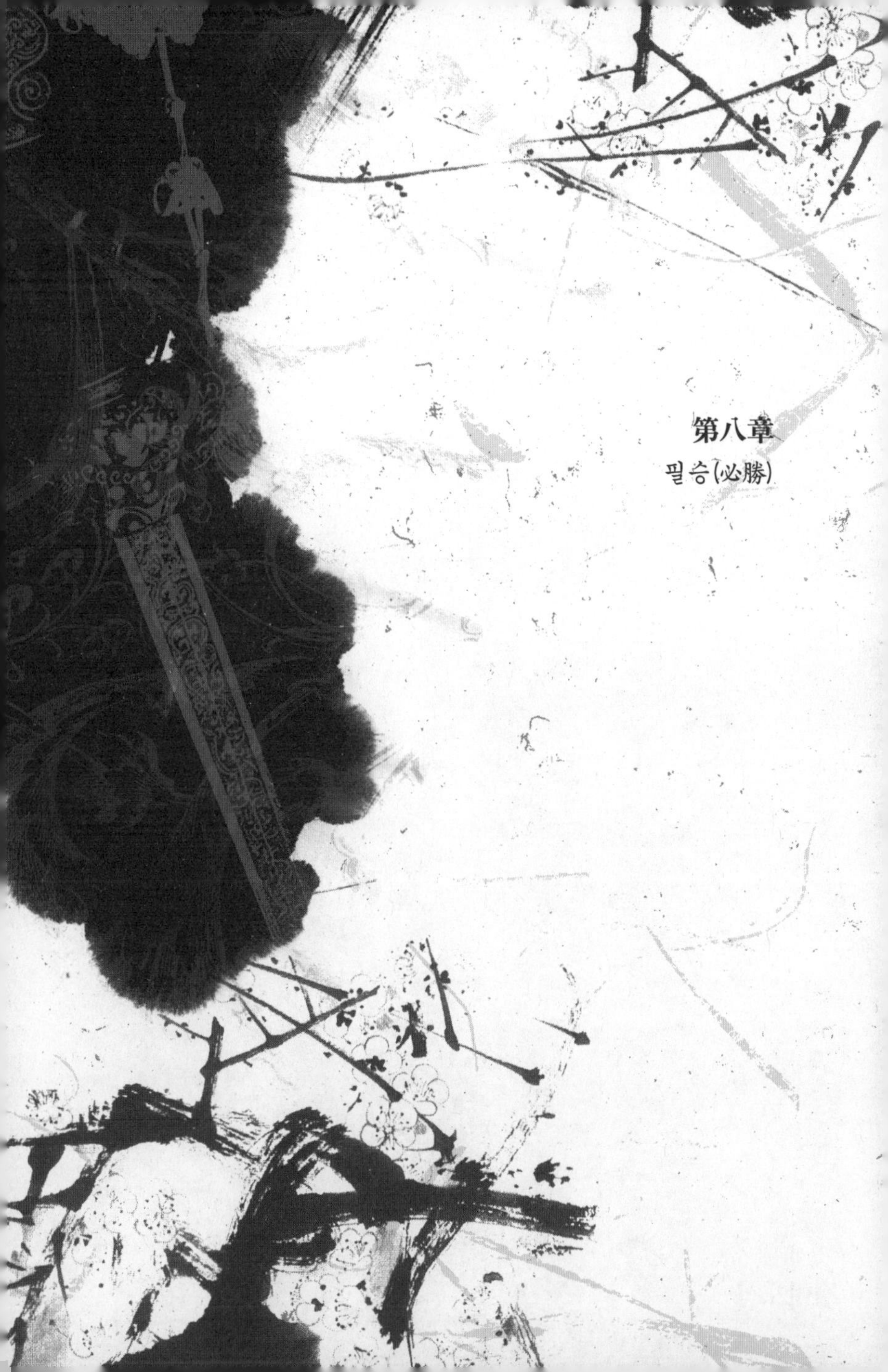
第八章
필승(必勝)

검명도살

검명도살

"극철이 맞다."

"와아아아!"

동굴이 무너질 것 같은 함성이 터졌다.

극철이 죽었음을 동도악이 최종 확인했다는 것은 다른 곳은 몰라도 제삼지단만큼은 종전이었다.

"이자는 극철이다. 우리의 전쟁, 삼지단은 오늘부로 전쟁이 끝났음을 선포한다."

"으와아아!"

"들었나? 끝났어! 전쟁이 끝났대!"

"이젠 살았어! 우리, 고향 가는 거야?"

사내들은 서로를 끌어안고 어쩔 줄 몰라 했다.

그들이 덩실덩실 춤을 출 때 한 사내가 추작도 곁으로 다가
왔다.
감사울이었다.
"고, 고마워."
추작도의 한마디면 감사울의 목숨은 끝났다.
지금쯤 목이 베어져 전쟁터에서 동료를 버리고 혼자 살겠다
고 도망친 자의 최후가 어떤지 보여줬을 것이다.
"서병(書兵)!"
"넷, 단주님!"
철망을 든 사내가 동도악 앞으로 다가섰다.
그의 손에는 철망이 들려 있었는데, 한 마리 비둘기가 있었
다. 언제든지 상황을 상부에 보고할 수 있도록 비둘기를 들고
다니는 전병이었다.
"부르는 대로 받아쓰도록."
전병은 준비한 지필묵을 꺼냈다.

제삼지단 최대의 적 극철 제거 성공. 제거자 노독수.

모든 시선이 추작도에게 멎었다.
그것은 부러움이었다.
적장의 목을 베었으니 이보다 큰 공은 없다. 그야말로 최고
의 활약을 펼치고 공을 세운 것이다.
먹이 마르자 전병은 빠르게 쪽지를 말아 전서구 발목에 묶

인 전통에 넣고 비둘기를 날려 보냈다. 비둘기는 순식간에 동굴 밖으로 사라졌다.

*　　　*　　　*

닷새 만에 이백 리 이상을 후퇴했다. 한번 후퇴를 거듭하자 도저히 공격의 효과를 기대할 수가 없었다. 무사들 모두 패배는 기정사실이라는 것을 알고 나자 배포있게 싸우려 하지 않았으며 적이 조금만 세게 몰아붙이면 곧바로 꽁무니를 뺐다.

더욱 공교로운 것은 개방의 추격이었다. 그들은 오른쪽에서 왼쪽으로 몰아왔다. 워낙 동선이 커서 그렇지 형국을 들여다보면 북두칠성 모양이었다.

북두칠성에 갇히면 빠져나갈 수 없다.

북두칠성을 기본 형태로 권법을 수련한 추산은 본능적으로 반쯤 갇혔다고 보았다. 삼분지이쯤 포위되면 절대 빠져나가지 못한다. 물론 추산 말고는 누구도 그런 생각을 하지 않고 있었다. 쫓아오면 도망가면 되지 정도였다.

또한 개방이 북두칠성 형태로 모는 이유는 천축과 서장의 경계가 동이나 북쪽보다 가깝기 때문이었다. 천축과 서장에서는 절대 흑도의 무사들을 받아들이지 않겠다고 약속했다.

덜덜덜!

개방의 추격도 두려웠지만 더 무서운 것은 추위였다. 하남은 이곳에 비하면 열대지방이라고 할 만큼 춥다. 추위를 견디기 위해 나뭇잎과 마른 풀잎으로 옷 사이에 끼워 넣기도 했고, 지붕을 덮는 날개처럼 긴 잎사귀들을 날개처럼 엮어 외투인 듯 겉에 걸치기도 했지만 파고드는 북쪽의 바람을 막아낼 수는 없었다.

그나마 금마옥의 무사들은 조금 나았다. 무공도 높고 추위에 강했지만 추산과 더불어 낙양에서 온 용병들은 눈뜨고 볼 수 없을 만큼 처절했다.

"빌어먹을, 만날 회의야."

지단주들이 방추형이 묵고 있는 막사 안으로 들어가는 것을 보며 누군가 투덜거렸다.

"끝났어. 안 그래?"

두 명의 금마옥 무사가 낮은 소리로 얘기를 주고받았다.

"방법은 하나뿐이야."

듣고 있던 무사가 물었다.

"뭔가?"

"항복!"

듣고 있던 무사가 깜짝 놀라며 주위를 살폈다. 혹시 누가 들으면 어쩌려고 그러느냐는 동작이었다.

그러나 사내의 말은 거침이 없었다.

"내가 틀린 말 했나?"

"그래도 그렇지, 이 사람아. 입 조심해."

"그럼 자네가 보기에 이 전쟁을 이길 거라 보는가?"

"나도 사람인데 전황을 읽는 눈이 없겠는가. 단지 뾰족한 수가 없으니, 원."

"하루라도 빨리 두 손 드는 게 그나마 피해를 줄이는 길이야. 최소한 항복하면 죽이지는 않잖아."

잠시 두 사내 사이에 침묵이 흘렀다.

두 사람 얼굴 모두 복잡한 생각에 머물고 있다는 것을 반증이라도 하듯 잔뜩 찌푸려져 있었다.

"그나저나 저놈 대단해."

두 사람의 시선이 저 멀리 서 있는 태왕목 아래에 머물렀다.

어른 세 명이 팔을 벌려야 겨우 손이 닿을 만한 태왕목은 북쪽에서만 자라는 침엽수로 오래된 건 높이만도 이삼십 장씩 된다.

그런 거목을 향해 한 사내가 연신 주먹을 뻗고 있었다.

타타탁!

나무껍질이 벗겨졌다.

그건 오랫동안 주먹에 맞았다는 뜻이었는데, 추산 또한 처음 이곳에 올 때와는 많이 달라져 있었다. 그중 가장 큰 변화는 신체에 있었다. 자그만 소년티를 벗지 못했는데 불과 일 년 사이에 코밑에 거무스름한 수염도 나고 어깨도 벌어지면서 본격적인 성장기에 들어가고 있었다.

그가 뻗는 주먹은 사악칠권이었다.

"좋은 주먹이란 무조건 가벼워야 한다. 가볍지 않으면 식을 벗어나게 되어 있느니라. 힘이 들어가니 식대로 뻗어가겠느냐. 주먹이 부드러우면 임기응변에 능해지느니라. 빠른 주먹이 있듯 빠른 상대도 있느니라. 강호에는 주먹보다 빠른 보법을 가지고 있는 고수가 수도 없이 많다. 때렸다 싶은데 어느새 피해 버리지. 하지만 부드러운 주먹은 피한 상대를 끝까지 따라간다. 즉, 중간에서 방향 전환이 물결처럼 이뤄진다는 얘기니라. 그러나 주먹이 무겁다 보면 뻗은 식에서 단절된다. 그건 곧 상대에게 역습을 받는 위험을 부른다. 부드럽게, 또 부드럽게 뻗어라. 완전한 사악칠권은 부드러움이니라."

모찰은 자신에게 부드러워질 것을 계속 강조했고, 잠잘 때를 제외하고는 오로지 부드러움에 모든 감각과 신경을 쏟으라고 했다. 자신이 완숙해지지 못한 것은 서둘러 극성에 오르려다 보니 힘이 들어갔고, 그때부터 자세가 틀어졌다는 것이다. 한번 잘못된 기초는 돌이킬 수가 없다. 그냥 그대로 밀고 나가는 수밖에.

지난 반년 동안 모두 다섯 차례의 전쟁이 있었다. 부드러움을 의식했지만 막상 적을 만나자 쉽지 않았다.

한 방.

어떻게 해서라도 단번에 죽이려는 욕심이 생겼다. 어쩌면 누구나 경험할 수 있는 위기에서의 본능이라고 할 수 있었다. 처음 두 번의 전쟁까지는 한 방에 주력하다 적지 않은 상처와 위험도 겪었다. 그러나 세 번째부터는 차라리 죽고 말겠다는 각오로 부드러움에 모든 것을 쏟았다.

그런데 놀라운 일이 벌어졌다.

주먹을 부드럽게 뻗자 걸음이 빨라졌다. 더욱 놀라운 것은 걸음이 재빠르게 움직이자 주먹 또한 따라서 빨라졌다.

―권유속보(拳柔速步) 속권속보(速拳速步).

그뿐이 아니었다. 부드러움은 이내 빠름으로 연결되었다. 빠르다는 것은 자연스럽게 강함을 동반하게 되어 있었다.

털썩!

뒤쪽 바위에 걸터앉았다.

모두들 추워 벌벌 떨며 양지쪽에 앉아 있는데 추산의 몸은 땀으로 흥건했다.

"파― 파파팍!"

앉아 양 주먹을 뻗어보며 입으로 소리를 내었다.

"파바바!"

때리고[打拳], 뭉개고[紛拳], 베고[斫拳], 찌르고[刲拳], 빛이고[孛拳], 도끼처럼 부수고 쪼개며[鉞拳], 흘러가는[流拳] 사악칠권은 하나하나 뜯어놓고 보면 격(擊)했다.

그러나 오의를 완전히 이해하면 물이 흘러가듯 한다. 그래서 맨 마지막 칠식이 흐르는 주먹[流拳]이라고 했음을 이제 알게 되었다.

잠시 휴식을 취한 추산은 다시 일어나 사악칠권의 기수식을 잡았다. 물론 사악칠권의 기수식은 북두칠권의 것과 동일한 천주부동.

우뚝 섰다.

마치 옆에 자신의 주먹 수련 상대가 되어주었던 태왕목처럼 하늘을 떠받치고 있는 듯한 위용스런 모습이 착시처럼 나타났다 사라진다.

슉!

왼 주먹을 뻗으며 걸음을 내디뎠다.

슈슈슉!

좌우 주먹이 연신 나오면서 북두칠성 모양으로 움직이는 보법.

분명 각 식마다 위력은 물론이고 전혀 다른 구결로 펼쳐지는 식들이다.

즉 일식이 때리고[打] 이식은 뭉갠다[粉]. 때리는 것과 뭉개는 것에는 엄청난 차이가 있고, 삼식은 베는[斫] 것이다. 주먹으로 베기 위해서는 어떻게 뻗어야 할까. 그리고 사식 찌르기[刲]라는 건 뭔가. 칼도 아닌 주먹으로 어떻게.

그러나 이미 추산은 그 모든 오의를 깨우친 듯 멈춤이 없었다.

식이 다르니 주먹 하나하나가 당연히 다를 수밖에 없었다. 그러나 연결되는 동작은 하나의 고무줄인 듯 늘어났다 당겨지며 모양을 수시로 바꾸고 각도를 틀어가는 데 어색함이라고는 찾아볼 수가 없었다.

"추산!"

한참 수련에 매몰되어 있는데 피광이 뛰어왔다.

어디서 주워 입었는지 너무 옷이 두꺼워 기우뚱거렸다. 보나마나 죽은 시체의 것을 벗겨 입었을 것이다.

"항복한다는 소문이 있어."

뚝!

추산은 반쯤 뻗어가던 오른 주먹을 멈췄다. 자세를 풀고 피광을 돌아보았다.

"지금 막 간부회의가 끝났는데 표정들이 안 좋더라고. 은근슬쩍 대주님께 물었더니 아무런 대답을 않는 거야. 그렇지만 내가 누구야. 끈덕지게 따라붙어 물었더니 땅이 꺼져라 한숨을 쉬면서 이삼 일 내로 큰 변화가 있을 것 같다는 거야."

"큰 변화라니?"

"큰 변화라는 것이 뭐겠어."

그러면서 엄지를 들어 보였다.

"최고 대가리가 움직인다는 뜻 아냐. 두 손 들기 위해 개방을 찾아간다는 거겠지."

"트, 틀림없어?"

"확실하다니까."

승산은 이미 물 건너갔다는 것을 짐작했다. 과연 언제 항복을 하느냐만이 추산의 관심사였다. 이미 적지 않은 흑도 문파들이 항복을 하고 있다는 소문이 파다했다.

추산의 표정이 굳어졌다.

금마옥의 최고 수뇌는 모찰이다.

그가 개방을 찾아간다는 것은 더 이상 수하들의 희생을 바라보고 있을 수 없다는 뜻이다. 자기 한 사람의 희생으로 부하들을 살려 보려는 모찰다운 행보라고 생각했다.

모찰은 자신의 사부이다. 물론 그 사실을 아는 사람은 금마옥 내부에서조차도 없다.

"어떡하지?"

그때 피광이 정색을 했다.

"열사흘째인데 말이야."

처음 용병 계약을 할 때 보름을 넘으면 한 달 치 계산을 해주고 그렇지 않으면 은자 지불을 않기로 했다. 피광의 말인즉 앞으로 이틀이 지나면 한 달 치를 받을 수 있지만 그전에 항복을 해버리면 돈을 못 받는다는 뜻이었다.

친구지만 오늘따라 피광이 얄밉게 보인다.

물론 돈을 벌기 위해 목숨을 걸고 왔으니 한 푼이 중요한 건 사실이다. 그러나 아무리 소속감없는 용병이라고 하지만 시도 때도 없이 돈돈 하니까 은근히 짜증이 일어난다.

빠악!

강력한 주먹이 태왕목에 틀어박혔다.

하늘을 찌를 듯 솟아 있는 거목이 태풍을 만난 듯 흔들리고 아직 떨어지지 않고 있던 낙엽들이 허공을 가득 메우자 피광의 눈이 커졌다. 처음 보는 강력한 주먹이었다.

세 명의 어른이 손을 뻗어야 겨우 닿을 만큼 아름드리 거목이 몸서리치듯 흔들린다는 것은 예전의 추산이 아니라는 의미였다.

불어오는 바람에 누런 갈대가 파도처럼 일렁거렸다. 서로의 몸을 부딪치며 서걱거리는 소리가 작은 흐느낌 같기도 한 건 순전히 기분 때문일까.

척!

모찰은 잠시 걸음을 멈췄다. 갈대는 바람에 쓰러질 듯 기울어졌지만 다시 일어선다.

처지가 하도 기막히고 궁색한 탓일까. 다시 일어나는 갈대를 보며 우리 금마옥도 저러했으면 좋겠다는 생각을 했다. 아니, 혹도 모두가 지금은 비록 넘어졌지만 저 갈대처럼 반드시 일어났으면 하는 생각을 하며 걸음을 옮겼다.

우거진 갈대숲 사이로 난 작은 길.

이곳은 중원십경 중 하나인 만위평(滿葦平)이었다. 보통 사람이 모두 한 바퀴를 도는 데도 무려 사흘이 걸릴 만큼 넓고 크다는 갈대밭.

특히 초겨울의 갈대밭, 거기다 석양이라도 떨어지는 날이면 그 아름다움에 모두가 넋을 잃는다. 다행히 오늘은 구름이 끼어 갈대밭은 그대로였지만 석양은 없었다.

뚝!

한참을 걷던 모찰의 발걸음이 세워졌다.

걷고 있는 길 맞은편에 일단의 무리가 서 있었다. 모두 열 명이었다. 오십여 장 이상의 먼 거리인데도 바람에 실려 오는 것은 원수가 아니면 풍겨낼 수 없는 강한 살기였다.

모찰은 다시 걸음을 재촉했다. 점점 서로의 거리가 가까워지면서 모찰의 표정은 납덩이가 되었다.

십 인.

그들은 개방의 방주 나오선개를 비롯한 아홉 명의 장로였다.

아직 전쟁이 끝나지 않았다는 것을 반증이라도 하듯 하나같이 옆구리에 개방을 상징하는 타구봉이 꽂혀 있었는데 붉었다. 수하들의 피가 말라붙은 것이라는 생각을 떠올리자 더욱 고개를 들 수가 없었다.

팟!

모찰의 눈이 섬광을 일으켰다 사라졌다.

나오선개 왼쪽으로 서 있는 젊은 거지 한 명, 모두가 수염이 나고 주름살이 돋보이는 데 반해 준수한 용모를 지닌 젊은 청년이었다.

―아망개!

소문으로만 들었을 뿐 직접 보기는 처음이다.

개방 사상 최고의 기재로 뽑히며 방주 나오선개조차 그의 뜻을 함부로 거스르지 않는다고 했다. 오늘 날 개방이 소림, 무당과 어깨를 나란히 할 만큼 강한 세력으로 성장한 배경에는 아망개의 힘이 절대적이라고 했다.

척!

오 장의 거리를 두고 걸음을 세웠다.

열 쌍의 눈동자에서 뿜어 나오는 살기, 그러나 그것보다 더 견디기 어려운 것이 있었다. 살기 속에 감춰진 비아냥거림과 금방이라도 넘쳐 흘러내릴 것 같은 조롱이었다.

모찰은 끓어오르는 노기를 눌렀다.

자신은 적장이고 지금 항복을 위해 찾아온 것이다.

"금마옥의 옥주 탈백권 모찰이오이다."

정중히 포권의 예를 취했다.

바로 그 순간 벼락같은 외침이 터졌다.

"무릎을 꿇어라! 감히 패장 주제에 어디서 그따위 인사를!"

장로 중 한 명이 버럭 소릴 질렀다.

─각각개(推脚丐).

비쩍 말랐지만 키는 육 척 가까이 되어 보였다.

개방에 와선각(渦旋脚)이라는 각술이 있다. 사실 각술은 다른 무예와 달리 함부로 배우려 들지 않는다. 주먹이나 병기로 펼치는 무예에 비해 순발력과 위기 대처력에서 떨어지기 때문이다. 그러한 단점을 딛고 각신(推神)이라고까지 불리는 인물이다. 마치 주먹으로 치듯 발을 들어 상대를 때리는 기술은 가히 강호 일절이라 하기에 손색이 없었다.

"아니, 그래도 저놈이!"

"좋게 대해주려 했더니 안 되겠구먼."

장로들이 흥분하며 달려들려 하자 아망개가 손을 들었다. 그러자 장로들이 멈칫 하며 물러섰다.

아망개가 부드러운 목소리로 말했다.

"큰 결정을 내려주어 고맙소이다. 역시 옥주다운 배포이며 현명한 처사이오."

아망개의 목소리는 부드러웠고 입가에 따뜻한 미소가 물렸다.

하지만 모찰의 가슴은 철렁했다.

—입이 점잖으면 마음이 사악하다.

그런 강호의 속담이 있다.

겉으로는 점잖은 것 같지만 생각하는 바는 무자비하다는 뜻으로, 실제로 그런 인물을 적지 않게 보아왔고 정말 조심해야 할 부류였다.

스윽!

아망개가 품에서 한 통의 봉서를 꺼내 날려 보냈다.

누구라도 받을 수 있을 만큼의 느릿한 적엽비화의 수법. 문제는 누구든 빠르게 던지거나 물건을 날릴 수는 있지만 느리게는 어렵다는 것이다.

탁!

모찰은 봉서를 받았다.

봉인되지 않았기 때문에 곧바로 안에 들어 있는 서찰을 꺼내 펼쳐 들었다.

서찰을 읽던 모찰의 얼굴이 창백해졌다.

놀랍게도 서찰은 살생부였다. 개방에서 반드시 죽여 없애고 싶어하는 금마옥 인물들이 적혀 있었다.

사실 단 한 명의 부하도 대동하지 않고 온 것은 자신의 목숨 하나로 모든 것을 정리해 주길 바라는 마음에서였다. 그런데 개방은 자신의 생각과 너무나 달랐다.

"어떻소?"

그 정도도 많이 봐준 것이라는 의미다.

모찰은 다시 한 번 서찰에 적힌 명단을 읽고서 무거운 신음을 터뜨리며 아망개를 보았다.

"소문은 들었소이다. 늦었지만 인사드리오. 탈백도 모찰이라 하오이다."

"내가 듣고 싶은 것은 옥주의 이름이 아니라 서찰에 적힌 자들의 목숨, 즉 우리의 요구이오. 받아들일 것인지 아닌지만 말하시오."

아망개는 다른 얘기는 일체 하기도 싫고 하고 싶지도 않다는 단호히 인사를 거절했다.

상대가 그렇게 나온다면 이쪽도 단도직입적으로 나갈 수밖에.

"내 목 하나로는 부족하다는 것이오?"

"이놈이 장난하나?"

각각개가 버럭 소릴 질렀다.

모찰의 시선이 돌아갔다.

"뭘 봐? 그냥 눈구멍을!"

아무리 패장이라고 해도 격에 맞는 대접이라는 것이 있다.

"개자식아, 기분 나빠? 나쁘면 이기지."

노골적인 비아냥거림에 모찰의 조용히 눈을 감았다.

―패군지장(敗軍之將) 불어병(不語兵)!

싸움에 진 장수는 구구히 변명하지 않는다는 뜻이다.

그러나 이겼다고 해서 패장을 모욕하는 건 승자답지 못한 추잡한 짓이라고 했다.

"훗훗훗!"

아망개가 웃는다.

그는 지금 모찰의 심정을 읽고 있음이었다. 한마디로 재미있다는 웃음이다.

"아참, 한 가지 빠뜨렸소이다. 그들의 목을 반드시 우리에게 보내야 하오. 우리로서는 확인을 해야 할 것 아니오."

자신을 절대 믿을 수 없다는 뜻이다.

"이, 이런이런, 젊은 내가 자꾸 실수를 하는군. 한 가지 더 빠뜨렸소이다. 포로도 모조리 넘겨야 하오."

포로란 자신의 수하들이다.

간부들은 죽이고 수하들은 넘기란다. 그게 무슨 뜻인가. 한

마디로 몰살을 하겠다는 의미다.

"꿀꺽!"

모찰은 자신도 모르게 침을 삼켰다.

이렇게 죽으나 저렇게 죽으나 어차피 죽을 것이라면 오지 않았을 것을.

끝까지 모두 싸우다가 무사답게 죽는 길을 선택할 것을.

한 명의 부하라도 살려보겠다고 선택한 길인데 사태를 더욱 나쁘게 만들고 말았다.

하늘을 올려다본다.

회색 구름이 잔뜩 덮여 있다.

파르르!

감긴 두 눈이 떨린다.

'모든 건 내 탓이다. 어떤 이유로도 패전의 장수 탓이다.'

팟!

잔뜩 웅크리며 닫혀 있던 모찰의 눈이 떠졌다. 조금 전까지 볼 수 없었던 강렬한 빛이 폭사됐다. 그것은 순간적으로 작렬하는 뇌전과도 같았다.

―그놈!

한 소년이 떠올랐다.

추산이라고 불리는 소년.

추산을 떠올리자 모든 불쾌감과 후회가 일순간에 사라졌다.

갑자기 절망이 떠나고 희망이 온몸을 지배했다.

─명청한 놈 백 명보다 똑똑한 놈 하나면 충분하다.

추산은 분명 한 명의 똑똑한 놈이었다.

그러나 어느새 표정은 괴로움으로 바뀌었고, 아망개를 바라
보았다.

"헛헛헛!"

힘없는 웃음이었다.

그러나 이내 갈대밭을 뒤흔드는 앙천광소로 번져 나간다.

"으핫핫핫!"

내공이 실린 가공할 웃음에 개방의 인물들이 굳어졌다.

'엄청나다!'

'이, 이 정도였던가!'

자존심 때문에 귀를 막을 수는 없고 내공을 끌어올려 대항
했지만 기혈이 꿈틀거렸다.

웃음을 그친 모찰이 입을 열었다.

"하긴 삼십 년을 싸웠으니 그 정도 피 값은 받아내야겠지.
내가 이겼더라면 더 많은 것을 요구했을 것이오."

개방의 요구를 받아들이겠다는 뜻이다.

"전령이오."

그때 커다란 외침이 들리며 한 명의 거지가 날아 내렸다.

거지는 나오선개를 향해 힘차게 말했다.

"소림과 무당 또한 적장의 목을 베었고 죄의 경중에 따라 포로들을 처벌하고 있다 하옵니다."

"캇캇캇!"

"왜헤헤!"

가뜩이나 곤란한 처지에 전령이 가져온 소식은 모찰의 판단과 생각을 더욱 옥죄었다.

—어쩔 수 없구나. 하늘은 흑도를 버렸으니 뜻을 따르지 않고는 길이 없음이다.

모찰은 아망개를 향해 말했다.

"조건을 받아들이겠소."

개방 장로들 얼굴이 득의만면해졌다.

"갑시다!"

각각개가 나섰다.

모찰이 어딜 가자는 것이냐는 듯 바라본다.

"이놈 보게. 네놈 말을 어떻게 믿느냐. 우리가 직접 가서 죽이는지 죽였는지 확인을 해야 할 것 아니냐?"

콱!

모찰은 주먹을 떨었다.

자신이 세상을 살아오면서 자랑할 것이 있다면 딱 한 가지다.

자신의 명령에 부하들은 절대 이의를 제기하지 않는다는 것이다. 불속이라도 뛰어들라고 하면 누구도 앞장서 기쁘게 뛰어든다는 것이다.

돌아가서 어떻게 자결을 명령할까 고민 중인데 믿을 수 없으므로 따라오겠다는 말은 자신을 너무 구차하게 만드는 모욕이었다. 그러나 한편 상대 입장에서는 충분히 있을 수 있는 행동이었기에 아무 소리 하지 않고 몸을 돌렸다.

섬서에서 돈황에 일백 리쯤 미치지 못한 양관까지 밀려왔다. 양관은 감숙의 끝자락이다. 섬서 농관에서 양관까지 밀려온 것이다. 대본영 안에는 금마옥의 두 명의 인물이 무거운 얼굴로 앉아 있었다.

"아무리 생각해도 잘못했어. 우리가 가는 건데."

"우리가 가고 싶지 않아 가지 않은 건 아니지 않는가? 하도 옥주님께서 나서시니 명령을 거역할 수도 없고."

혁련모와 삼호법 장칠이었다.

모찰은 대본영을 떠나면서 말했다.

철저히 자신을 잊고 재기를 위해 애쓰라고.

더욱이 절대 복수는 꿈꾸지 말라고 했다. 지금 흑도의 힘으로 복수를 꿈꿨다가, 아니, 복수의 낌새를 보였다간 그나마 몇 명 살아 있는 목숨까지 사라지기 십상이라면서 오로지 깊은 산속에 은신하여 때를 기다리라고 했다.

촤악!

막사가 걷히며 한 노인이 들어섰다. 사호법 공야도였다.

“음!”

들어선 공야도를 보며 혁련모와 장칠이 무거운 한숨을 쉬었다. 독이 묻은 타구봉에 오른팔을 맞은 것이다. 그런데 도저히 치료가 불가능하여 지금 자르고 들어오는 길이었다.

뿌드득!

이를 가는 공야도.

“정파라고 자처하는 자들이 병기에 독을 묻혀 휘두르다니. 그들이 쓰레기라고 말하는 우리도 병기에 독 따위는 묻히지 않아.”

팔이 잘려 억울한 것이 아니다.

비록 죽고 죽이는 전쟁이지만 최소한의 강호의 법도와 규칙을 지키기 위해 애썼다.

전쟁이 밀리자 공야도는 어느 날 밤 모찰을 찾아가 단도직입적으로 따졌다.

우리가 약해서 밀린 것이 아니다. 놈들의 수법과 전략이 너무 잔인하고 유치하다. 온갖 사술은 물론 좌도방문에서도 외면당하는 춘향과 미혼향을 뿌려 무사들의 정신을 잃게 만드는 전략을 너무나 태연하게 썼다. 특히 춘향(春香)은 사람을 완전히 미치게 만든다. 중독이 되면 나무든 바위든 가리지 않고 붙들고 몸을 비비며 완전히 이성을 잃어버린다.

어디 그뿐인가. 심지어 먹는 물에까지 독을 풀어 사백여 명이 몰살을 한 경우도 있었다. 그러므로 우리도 같은 방법으로 대적하자고 피를 토하듯 외쳐 말했다.

“안 돼.”

모찰은 단호했다.

“더 이상 흑도는 야비하고 치졸하며 인간답지 못한 짐승의 무리라는 말이 강호에 떠다니게 해서는 안 된다.”

흑도의 역사를 보면 짐승처럼 살아온, 이른바 암흑의 계절도 있었다.

그랬기에 모찰은 더욱 정도를 추구했고, 사술과 편법과 암술을 가로막았다.

정파라고 해서 저 하늘처럼 푸르고 투명하게 살고 있지 않다는 것을 모르는 건 아니었다. 그러나 질 때 지더라도 당당하게 싸우고 싶었다.

“옥주님께서 오십니다.”

막사가 열리며 경계병이 뛰어왔다.

모두가 자리를 박차고 막사 밖으로 나갔다.

모찰이 개방의 장로들을 이끌고 오고 있는 모습을 보며 모두 표정이 굳어진다.

백여 명에 가까운 금마옥의 무사들이 전투태세를 갖추며 다가오는 개방 사람들을 향해 살기를 뿜었다.

스윽!

살기를 거두라는 듯 모찰이 손을 들어 올렸다.

하나 수하들은 살기를 거두지 않았다.

“추웅!”

일제히 모찰을 향해 외친다.

산이 떠나갈 듯했다.

아망개의 눈이 커진다.

어딜 봐도 패잔병의 모습은 보이지 않았다. 또한 죽음에 대한 두려움 따위는 더욱 찾아볼 수가 없었다.

갑자기 가슴 한구석이 서늘해졌다. 항복할 것인데도 조금도 수그러듦이 없는 출중한 기상.

정도의 승리는 운이다. 아니, 잔혹하고 짐승 같았기에 가능했는지 모른다. 하나 전쟁에 무슨 얼어 죽을 방법과 정도가 있단 말인가를 떠올리며 이내 표정을 풀며 그는 느긋하게 웃었다.

모찰이 봉서를 건넨다.

혁련모가 받아 들고 뭐냐는 듯 보았다. 모찰은 고개를 돌려 대본영을 에워싸고 있는 수하들을 가슴 아픈 시선으로 바라보았다.

"으헉!"

서찰을 보던 혁련모 입에서 비명이 터졌다.

곁에 있던 장칠이 서찰을 빼앗아 읽더니 그 역시 기겁했고 공야도 역시도 놀란다.

"뭣들 하느냐? 속히 집합하라!"

모찰의 목소리가 단호했다.

"주, 주군."

"목숨이 아까운가?"

혁련모의 입이 다물어졌다.

어떤 이유와 변명도 구차해질 뿐이니 조용히 명을 따르라는 뜻이다.

혁련모가 서찰을 한참 보더니 입을 떼었다. 명단을 부르는 입술이 심하게 떨린다.

혁련모의 부름을 받은 사람들이 하나둘 모여들었다.

부상을 입은 사람도 있고 멀쩡한 사람도 있는데 모두 열세 명이었다. 그러나 공통적인 것 하나는 개방의 인물들을 바라보는 눈빛이 살아 있다는 것이다.

"빠진 사람은 누구냐?"

혁련모가 말했다.

"유숙과 검모동이옵니다. 두 분 모두 청야곡 전투에서 숨졌지 않습니까?"

둘 다 호법으로 얼마 전 전사했는데 개방의 정보에는 들어가지 않은 듯 서찰에 적혀 있었다.

"들었소?"

"미친놈, 우리가 그걸……."

아망개가 손을 들어 각각개의 입을 막는다.

믿는다는 뜻이다.

모찰은 열세 명을 보았다.

한 명 한 명 새기듯 바라보더니 조용히 목소리를 낮췄다.

"가자. 저승으로."

흠칫!

움찔!

예상하지 못한 말이었던 듯 모두가 놀란다.

"두려운가? 조금 늦고 빠를 뿐이지 언젠가는 가야 할 곳 아니던가?"

그제야 명단의 의미를 알아차린 부하들이 아망개를 무섭게 노려본다.

아망개의 웃음이 더욱 짙어졌다.

노골적으로 야유하는 웃음이었다.

"그동안 고생들 많았다. 난 너희가 자랑스럽다. 한 가지 부탁이 있노라."

잠시 숨을 가다듬던 모찰이 다시 입을 열었다.

"다음에 태어나면 내 수하로 태어나지 마라. 그때는 정파의 인물로 태어나 마음껏 세상을 누비며 큰소리치고 살기 바란다."

"호호호! 주군, 말씀이 이상하오."

한 사내가 나섰다.

"앞에서는 정인군자인 척하면서도 뒤에서는 흉악한 호박씨를 깐다는 것을 천하가 모르지 않소이다. 난 그런 인간들 싫소. 설혹 다시 전쟁에 지더라도 주군의 수하로 태어날 것이오."

"나도 마찬가지요. 난 이상하게 정파가 마음에 안 들어."

"나만 그런 줄 알았더니 이 사람들이 왜 이러나. 정파가 얼마나 좋은 인간들 집단인데."

"좋은 인간들이지. 번지르르한 겉모습에 속은 온갖 탐욕과 거짓과 위선으로 범벅이 된."

"우히히히!"

"크크크!"

여기저기서 웃고 떠들더니 퍽 하는 소리가 들렸다.

모두가 고개를 돌렸다.

모찰이 자신의 천령개를 내려쳤다.

"주, 주군!"

"어이하여, 주군!"

모찰의 얼굴은 순식간에 피로 물들었다. 그러나 그는 쓰러지지 않고 꼿꼿했다.

"머, 먼저 간다."

퍼억!

통나무처럼 앞으로 쓰러졌다.

"으핫핫핫하, 빠악!"

두 번째로 한 사내가 천령개를 쳤다.

푸욱!

와직!

들고 있던 비수로 목을 찌르는 사람, 천령개를 내려치는 사람, 혀를 깨무는 사람, 순식간에 비명과 아우성이 메아리쳤다. 열세 명의 인물이 순식간에 자결로 생을 마감했다.

그런데 일은 거기서 끝나지 않았다.

"뭐하나, 우리도 가자고."

"좋아, 졌으니 깨끗하게 떠나주는 게 예의 아니겠나."

퍽!

퍼퍼퍼퍽!

수하들이 자결을 하기 시작했다.

"으하하하!"

"클클클!"

"여보, 미안해."

그것은 죽음의 굿판이 아니라 유감스럽게도 축제였다. 누구도 두려워하거나 겁먹지 않고 얼굴 가득 웃음을 머금은 채 장렬하게, 그리고 화려하게 스스로의 목숨을 끊었다.

까악!

피 냄새를 맡고 어느새 하늘에 까마귀와 독수리들이 몰려들기 시작했다.

"음!"

"이럴 수가!"

개방 무사 모두가 경악의 표정은 감추지 못했다.

이런 광경은 처음 보았다. 어떻게 일백여 명이 약속이나 한 듯 단 한 명도 죽음을 거부하지 않고 자결을 할 수가 있단 말인가. 어느 집단이라도 반대자가 있고 거역하는 자가 생기게 마련이다. 그런데 모찰을 따라 모두 뒤를 따르다니……

방주 나오선개의 눈이 가늘게 감겼다.

그리고 모찰과 자신을 비교했다.

과연 개방이 패했을 때 자신이 죽으면 몇 명의 제자가 따라 죽을까.

"사람마다 다 다른 것이오."

자신의 속마음을 읽기라도 한 듯 아망개의 목소리가 들려왔다.

"주인을 따라 죽는다고 해서 충성심이 강한 것도 아니고 산다고 해서 비겁하다고 할 수는 없지요."

틀린 말은 아니었다.

그러나 이상하게 가슴에는 전혀 와 닿지 않았다.

"각 장로님들께서는 즉시 금마옥의 지단으로 가시오. 가서 마지막까지 정리해야 할 것 아니오."

"명단을 줘야 할 것 아닌가?"

"아니오. 재량에 맡기겠소. 죽일 놈, 포로로 끌고 올 놈, 알아서들 하시오."

개방의 장로들이 일제히 몸을 날렸다.

모두가 사라지고 아망개와 나오선개 둘만 남았다.

푸드득!

쏴아아!

시커멓게 내려앉는 까마귀와 독수리 떼를 보며 아망개가 말했다.

"싸움은 지금부터입니다."

나오선개가 돌아보며 웃는다.

"알지. 왜 모르겠느냐."

제자이면서도 장로이다.

많은 제자를 겪고 가르쳐 봤지만 아망개처럼 하나를 가르치면 열을 깨우치는 제자는 보지 못했다.

"너만 믿는다."

나오선개는 아망개의 어깨를 토닥거렸다.

　지단의 분위기는 초상집이었다. 아직 대본영의 참사를 모른다. 그러나 항복 직전에 있기 때문에 지단의 공기는 무겁게 가라앉아 있었다.

　그러나 한 사람만이 숨을 죽이며 하늘의 해를 올려다보고 있었다. 중천의 해가 왜 이리 더딘지 성질 같아서는 확 서쪽으로 밀어버리고 싶은 마음이었다.

　―하루!

　피광의 입술이 물렸다.

　이제 오늘 밤만 지나면 보름이 지난 셈이므로 은자를 받을 수 있었다.

　제발 오늘 밤까지만 무사히 넘어가면 된다.

　주먹을 쥐었다 폈다 하는 피광을 보며 추산은 씁쓸한 표정을 감추지 못했다.

　돈[錢].

　그건 괴물이었다.

『검명도살』 3권에 계속…

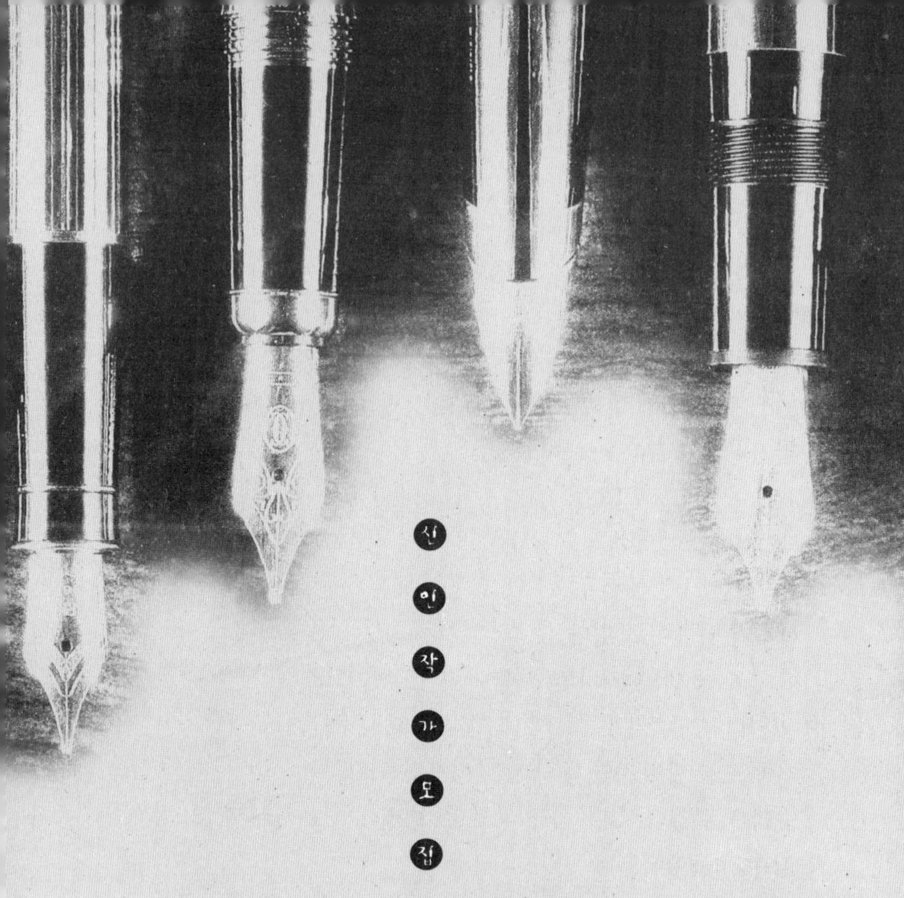

신
인
작
가
모
집

시작이 반이라고 했습니다.
작가의 길에 대한 보이지 않는 벽을 과감히 깨뜨리십시오!
청어람은 작가 지망생 여러분들의
멋진 방향타가 되어드리겠습니다.

저희 도서출판 청어람에서는
소설 신인 작가분들을 모집합니다.
판타지와 무협을 사랑하시는 분들의 많은 참여를 바랍니다.
소정의 원고(A4용지 150매)를 메일이나 우편으로 보내주시면
검토 후 출판 여부를 알려드리겠습니다.

주소: 경기도 부천시 원미구 심곡2동 163-2 서경B/D 2F 우편번호 420-822
TEL: 032-656-4452 FAX: 032-656-4453
http://www.chungeoram.com
e-mail: chungeoram@chungeoram.com

Dragon order of FLAME 폭염의 용제

김재한 판타지 장편 소설

「사이킥 위저드」,「마검전생」의 작가 김재한!
그가 그려내는 새로운 액션 히어로가 찾아온다!

모든 것을 잃고 복수마저 실패했다.
최후의 일격마저 막강한 레드 드래곤 앞에서 무너지고,
죽음을 앞에 둔 그에게 찾아온 또 하나의 기회!

"네 운명에 도박을 걸겠다."

과거에서 다시 눈을 뜬 순간,
머릿속에 레드 드래곤의 영혼이 스며들었을 때,
붉은 화염을 지배하는 용제가 깨어난다!

강철보다 단단한 강체력을 몸에 두른
모든 용족을 다스리는 자, 루그 아스탈!

세상은 그를 '폭염의 용제' 라 부른다!